前世を思い出したのは
“ざまぁ”された後でした

穂波

honami

RB

レジーナ文庫

登場人物紹介
エミリオ
第一王子で、レイチェルの元婚約者の兄。
闇属性の魔力を持つせいで国民に恐れられ、
王位継承権を持たない。本人は穏やかで思慮深い。
レイチェル
青山玲《あおやまれい》が転生した乙女ゲームの悪役令嬢。
極度の無表情だったが、玲の記憶を
取り戻したことにより表情豊かになる。

ゲームの神様
レイチェルを転生させた張本人。
パティ
レイチェルの侍女。
ハルト
レイチェルの義弟。
アルヴィン
第二王子で、レイチェルの元婚約者。
メインの攻略対象だが、俺様で短慮。
ウォルト
魔術協会で属性管理局の
局長をしている。エミリオと仲が良い。
チェリー
ゲームのヒロイン。なぜか、元の
キャラクターと違い引っ込み思案。

目次

前世を思い出したのは
〝ざまぁ〟された後でした

プロローグ

当時私は、ネット小説というものにハマっていた。

友人に薦《すす》められて興味を持ったのだが、『乙女ゲームの世界に転生』を題材にしたものが特に好きだった。

様々なサイトで好みのものを探しては、ついつい時間を忘れて読み込む日々。気が付けば、立派なスマホ中毒だ。

そしてその日も、朝方までネット小説を読んでいた。

続きがどうしても気になり、読まずにはいられなかったのだ。

それでも読み終わらず、入学したばかりの大学へ続く緩《ゆる》い坂を上りながら、少しだけでもと鞄《かばん》からスマホを取り出した。

普段は歩きスマホなんて絶対にしない。それなのに、その日は寝不足のせいで判断力が鈍《にぶ》っていたのだと思う。

意識は完全にスマホに集中し、前から来る自転車に気が付かなかった。ベルの音が耳に届いたのは、ぶつかる一歩手前。

驚いた拍子に落としたスマホは、バウンドして車道へ飛んでいった。

あの時、なぜ、確認もせずに車道に出てしまったのか……

本当に後悔しかない。

けたたましいクラクションとブレーキ音の後、視界に入ってきたのはトラックだ。

（あ……これは駄目だ）

そう考えたのを最後に、意識が暗転した。

＊＊＊＊

目を開けると、私は真っ白い空間にいた。

一瞬何がなんだか分からなかったが、すぐにトラックが迫りくる光景を思い出す。

あれにぶつかったのなら、即死だったに違いない。

（そっか……私、死んだんだ……）

完全に自分の不注意が招いた事態だが、まだまだ生きていたかった。

（やっと憧《あこが》れのキャンパスライフを送れていたのに……サークルとかも入ってみたかったし、ちゃんと恋愛もしたかったな……）

「……ぃ」

（そういえば、友だちが乙女ゲームを貸してくれるって言ってたな。ゲームを題材にしたネット小説は読み漁《あさ》ってたけど、プレイ自体はしたことがなかったから、楽しみにしてたんだよね……）

「……おーぃ」

（この前見せてもらったゲーム雑誌の乙女ゲーム特集、絵が綺麗だったなぁ）

「我を無視するでない！」

先程から何やら話し掛けてくる声がしている。

自分の状況を受け入れるのに精一杯で聞こえないフリをしていたら、それが無視できないくらい大きくなった。

声のするほうを見ると、そこには女の子がいた。

黒地にフリフリのレースが沢山《たくさん》付いた、所謂《いわゆる》ゴスロリと呼ばれる服を着て、左目を眼帯で隠している。さらに腕には、包帯をグルグル巻いたウサギのぬいぐるみを抱えていた。

（これは……えっと……電波ちゃん？）

「失敬な！　我は『栄光の女神《グロリアス・ゴッデス》』であるぞ」

女の子――自称『栄光の女神』は、怒ったようにそう名乗った。

（やっぱり電波ちゃんだ、中二病だ！　痛い子がここにいる‼）

「誰が痛い子じゃ！　本当に失礼な小娘じゃな‼」

（小娘って……この子のほうが、どう見ても私よりも年下なのに――ん、あれ？　さっきから私、喋《しゃべ》ってないのに、どうして会話が成立してるの？）

この真っ白な空間で目覚めてから一言も言葉を発していないことに、気が付く。

「ふふん、今頃疑問に思ったのか。我は神じゃからな。おぬしの心を読むくらい、造作《ぞうさ》もないことよ」

ゴスロリ少女は、ドヤ顔になる。

（えー……胡散臭《うさんくさ》いなぁ、表情とかで私が言いたいこと、予想してるだけなんじゃ……）

「なっ、胡散臭《うさんくさ》いじゃと！　だったら、我が今からおぬしのことを言い当ててるから、聞いておれ！　ゴホンッ――おぬしの名前は青山玲《あおやまれい》、十八歳、十月二十二日生まれじゃ。家族は両親と弟が一人。最近ハマっていたものはネット小説か……ほう、乙女ゲームを題材にした話を好んでおったのか。良い趣味じゃな……何！　乙女ゲームは未プレイじゃと！　それは人生損したのぅ。可哀想に……ああ、だから我のところに飛ばされたのじゃな！」

少女に自分のプロフィールを言い当てられ、驚く。

（本当に神様なの……かな？　もう面倒くさくなってきたし、神様で良いや）

よく考えてみれば、こんな真っ白い謎の空間——多分、死後の世界に、普通の少女がいるはずもない。

（なんか神様って、想像と違うなぁ……もっとこう、神々《こうごう》しいオーラを醸《かも》し出《だ》してるイメージがあるけど……）

「やっと信じたか……しかし、失礼な小娘じゃな」

疲れたようにそう言って脱力する少女は、神様にはとても見えない。

（それにしても『だから我のところに飛ばされた』って、どういうことだろう？）

さっぱり意味が分からない。

「ああ、すまぬ。要するに、乙女ゲームものの小説にハマっていたのに、実際にプレイしたことはないという可哀想な境遇に『選定の神』が同情して、『ゲームの神』である我のところにおぬしを飛ばしたのじゃ」

またしても思考を読んだらしい神が、教えてくれた。……だが、私がやり残したことは、乙女ゲームだけではない。そう考えると、すごくピンポイントな選定である。

それに――

「『ゲームの神』って何？　あなた、『栄光の女神』って言ってなかった？」

最初に名乗っていた名はどこに行ったのかと、私は思わずツッコミを入れた。

「うっ、それは……。栄光の女神のほうが、何か格好良い響きではないか！」

どうやら『栄光の女神』は、自分で勝手に付けた名称のようだ。

恥ずかしそうに顔を赤らめる様子は、外見の年齢に合っている。

（……可愛い）

「うぅ、小娘に可愛いと思われるなど屈辱《くつじょく》じゃ……」

座り込み落ち込む姿も面白いので、私は心の中で「可愛い」を連呼しておいた。実際に可愛いので嘘ではない。

「――もう！　話が進まぬではないか！　時間もないし要点だけ言うぞ。おぬしが思ったとおり、ここは死後の世界で間違いない。おぬしが青山玲として生きることはもうないのじゃ。……ただし、『ゲームの神』である我の力で、乙女ゲームのキャラに転生させてやることができる。泣いて喜ぶが良い!!」

恥ずかしさを紛《まぎ》らわすようにすっくと立ち上がった神は、一気にそう言い放つ。

「え？」

（乙女ゲームの世界に転生なんて、ネット小説《フィクション》の世界のものなんじゃないの？）

私は現状を棚に上げて、そう思った。

（それに、ゲームしたことないのに、その世界のキャラに転生しても、意味がないんじゃ……）

「む？　ここに来て時間が経《た》ちすぎたようじゃ、おぬしの魂《たましい》が浄化されかけておる。浄化される前に事《こと》を運ばねばならぬの、行くぞ！」

私の心の声を完全無視して、神は手を伸ばしてくる。

「ちょ、ちょっと待っててっ」

《我が名は栄光の女神。盟約のもと、魂《たましい》の転生を望む――常闇の鎮魂《ダークネス・レクイエム》》

そして、色々ツッコミどころが満載の呪文を唱えた。

（何その中二病すぎな呪文！　常闇の鎮魂って、私が闇ってこと!?　しかも、また『栄光の女神』って言ってるし!!　っていうか、もう少し詳しく説明してーっ!!）

そんな叫びも虚《むな》しく、私の意識は白く霞《かす》んでいったのだった――

第一章　前世の記憶と婚約破棄

ランドール王国の公爵令嬢であるレイチェルは、第二王子の婚約者だった。

過去形なのは、通っている学園で催《もよお》されたパーティの最中、その王子に婚約破棄されてしまったからである。

婚約破棄されてすぐ、パーティを途中退出したレイチェルは、自室に帰るなり高熱を出して意識を失った。

それが一昨日《おととい》の出来事。

それから二日。彼女はようやく目を覚ました。

カーテンの隙間から見える外は、明るくなり始めたばかりで、普段起きる時間にはまだまだ早い。

とはいえ、それを除けば、一見いつもと変わらない朝の景色だ。

……しかし、高熱が出る前とは大きく変わっていることがあった。

（……え？　何この状況！）

なぜかレイチェルには青山玲としての記憶があったのだ。

交通事故で死んだ後、栄光の女神と名乗るゲームの神に『乙女ゲームのキャラに転生させてやる』と、半《なか》ば強引に転生させられた記憶がしっかりとある。

女神の言葉は本当だったのだろう。

というのも、窓に映る自分の姿には見覚えがあったのだ。友人に見せてもらったゲーム雑誌に載っていた少女にそっくり。

レイチェルは、玲が今度借りる予定だった乙女ゲームの悪役令嬢だった。

彼女はそこで頭を抱える。

百歩譲って悪役令嬢に転生したのは良しとしよう。前世で大好きだったネット小説には、悪役令嬢に転生する話が多い。

問題は、思い出したタイミングである。

(こういうのって、小さい頃やゲーム開始時に思い出して、断罪イベント回避に奔走《ほんそう》するんじゃないの――なんで、断罪後!?)

乙女ゲームをプレイしたことがないので、たとえ幼い頃に前世を思い出していたとしても、レイチェルの行動にどのような影響を与えられたか分からないが……とりあえずは、二日前の断罪イベント回避に勤《いそ》しんでいたはずだ。

しかし今の状況は、どう考えても……〝ざまぁ〟されてしまっている。

（詰《つ》んでる……）

彼女は勢い良くボフッと枕に顔を埋《うず》めた。

不幸中の幸いなのは、『レイチェル』は悪役令嬢といっても、悪役らしくないキャラだと友人が言っていたことだ。どういうキャラなのか、詳細は知らないが……

彼女はそこで溜息《ためいき》をつく。

（それにしても、前世を思い出すってこんな感じなんだ……）

なんとも不思議な感覚だ。

レイチェルという器《うつわ》に、玲という人格が入り込んだような……だけど、レイチェルとして生きてきた十六年間の記憶も、きちんとあるのだ。

記憶だけではなく、婚約破棄されて悲しいという気持ちもあった。

もし、完全に人格が入れ替わったのなら、そんな感情はないはずだ。

二日間、高熱を出していたのは、前世の記憶が一気に蘇《よみがえ》ったことで、脳がオーバーヒートを起こしたに違いない。

今でもまだ、頭の中は二人分の記憶と感情でごちゃ混ぜ状態だ。

少し落ち着かなければ、今後どうしたら良いのかも分からない。

（ちょっと整理してみよう——）

＊＊＊＊

ランドール王国で王族に次ぐ地位にある公爵家。その中でも上位に位置する、ヘーゼルダイン公爵家の娘として生まれたのがレイチェルだった。

彼女は、流れるような銀糸の髪に湖のように澄《す》んだ碧眼《へきがん》、パッチリとした二重《ふたえ》の大きな瞳、小さな鼻梁《びりょう》、紅を乗せなくても薄く色付き潤《うるお》った唇……要するに、とても整った容姿をしていた。

十人いれば、十人全員が「美人」と感じるだろう。

しかし残念なことに、彼女は無表情で無口で、見る人に冷たい印象を与えた。

おまけに魔力属性が「水」、特に氷を使った魔術が得意である。

そんなわけでレイチェルは『氷姫』と呼ばれていた。

そして前述どおり、彼女には婚約者がいた。この国の第二王子、アルヴィン・ランドールである。

政略的な婚約だったが、レイチェルはアルヴィンが好きだった。

というのも、幼い頃、王宮の裏庭にある池で溺《おぼ》れた彼女を助けてくれたのがアルヴィンらしいのだ。詳しく覚えていないものの、その話を聞いたことがきっかけで、彼を意識するようになり、気が付けば好きになっていた。

ただ、レイチェルは自分の思いを伝えるのが苦手だ。

そのせいで、アルヴィンと一緒にいても会話が続かない。当然、自分をどう思っているのかと彼に聞くことなど、できるはずもなく……ぎこちない婚約関係が続いていた。

それでも、婚約者として仲良くなる努力はしてきたつもりだ。

そんな二人の関係が、気まずくなってきたのは最近だった。

チェリー・コーリッシュという少女が現れたことにより、レイチェルとアルヴィンの心の距離は一層離れた。

チェリーの家は、下位の男爵家、その中でも末席だ。本来であれば王族とかかわることはない。

だが、レイチェルやアルヴィンが通う学園は、〝学生は平等である〟と唱えている。在籍しているのは貴族の子息や令嬢がほとんどであるとはいえ、そういった方針のために大人の社会よりは自由な雰囲気があった。

そのせいで、下級貴族ながらチェリーはアルヴィンと親密になっていったのだ。

時を同じくして、元々ぎこちなかったレイチェルとアルヴィンの関係は、あっという間に溝が広がってしまった。

そしてついに、一昨日《おととい》の学園主催のダンスパーティでのこと。

本来レイチェルをエスコートしてくれるはずのアルヴィンは、彼女を迎えにこなかった。『用事ができたから先に会場に行っていてほしい』という伝言のみをよこしたのだ。

誰にもエスコートされずにパーティ会場へ行くなんて……レイチェルは、アルヴィンに蔑《ないがし》ろにされている気がしてならなかった。

それが気のせいではなく、本当に蔑《ないがし》ろにされているのだと気が付くのにたいして時間はかからなかった。なぜなら、アルヴィンがチェリーをエスコートして会場にやってきたからである。

婚約者以外の女性をエスコートしている彼を見て、他の生徒はざわめいた。もちろん、本来エスコートされるはずであるレイチェルにも注目が集まる。

そんな中、レイチェルの目の前に来たアルヴィンは、周囲の目など気にせず……いや寧《むし》ろ全員に知らせるように、こう宣言したのだ。

「今日をもってお前との婚約を解消する。お前のように身分を笠《かさ》に着て他人を見下す奴は、王家に相応《ふさわ》しくない！」

レイチェルは何を言われたのか一瞬、理解できなかった。

他人を見下す？

身に覚えのないことだ。

幼い頃から「自分たち貴族は、下の者の支えがあってこそ。彼らに恥じることのないように、責任を持って生きなさい」と両親に躾《しつ》けられてきた。その教えを、レイチェルは大切に守ってきたつもりだ。

「ふん、言い訳もできないか」

言葉が出てこないレイチェルを見て、自分が正しいと解釈したのであろうアルヴィンは、軽蔑の目で彼女を見つめた。

「王家に相応《ふさわ》しいのは、チェリーのように心優しい者だ。もうお前のような奴の顔は見たくない」

吐き捨てるようにそう言い、アルヴィンはチェリーを伴《ともな》って去っていった。

レイチェルがその場で泣き崩れなかったのは、公爵令嬢としての矜持《きょうじ》からだ。

その後、どうやって屋敷まで戻ったのかは覚えていない――

＊＊＊＊＊

「……レイチェル《私》、悪くないよね？」

二日前の出来事を思い出し、レイチェルは呟《つぶや》いた。

確かにチェリーに対して「学園内では身分は不問とされていますが、それを良しとしない方も多いので自重されたほうがいいですよ」的な忠告を、何回かしたのは事実である。

けれどそれは、他の貴族から悪意を持たれないように、との親切心だったつもりだ。

それを見下していると捉《とら》え、公衆の面前で婚約破棄を宣告するなんて、アルヴィンは何を考えているのだろう？

今頃社交界では、レイチェルが〝王子に婚約破棄された〟と面白おかしく噂されているに違いない。政略的な婚約を、なんの話し合いもなく勝手に解消して相手の名誉を傷付けるなんて、浅はかにも程《ほど》がある。

そう考えた瞬間、レイチェルの中にあった、婚約破棄された悲しみは、吹き飛んだ。

アルヴィンの行動は、あまりに理不尽だ。

玲の記憶を取り戻す前は、彼に軽蔑されたことを悲しんでいたが、今となってはそんな感情欠片《かけら》もない。

（あんな王子のどこが良かったんだろう……確かに、命の恩人ではあるのだろうけど）

今回のように浅はかな行動をする王子だ。思い返すとこれまでも「王子としてそれはどうなの？」と心配になることを、色々とやらかしていた。

帝王学の授業をサボって城から抜け出したり、重要書類を捨ててしまったり……他にも数えきれないくらい出てくる。

それに使用人に対する態度も、あまりよろしくない。

機嫌が悪いと周りに当たり散らし、無理難題を言いつける場面を、レイチェルは何度か見ていた。

彼のほうが余程身分を笠《かさ》に着て他人を見下している。

はっきり言って今のレイチェルには、アルヴィンの良さが分からなくなっていた。

容姿端麗《ようしたんれい》で人を惹《ひ》きつけるオーラがあるのは認めるが、それ以外は全くもって残念である。婚約破棄されて良かったくらいだ。

そう考えるということは、今のレイチェルは、感情面では玲の占める割合が多いのだろう。

けれど、重要なのはそこではない。

（これって結構まずい状況なんじゃ……）

二人の婚約は政略的なものなので、破棄するにしても当然、当人たちだけで決められることではない。

それなのに、あのような公衆の面前で一方的に婚約破棄を言い渡されたのである。しかも相手は王家。レイチェルに身に覚えがなくても、〝王子が婚約破棄したのはレイチェルに非がある〟と皆に認識される可能性があった。

つまり、レイチェルが原因とされ、公爵家に不利な状況になるのだ。

（あの時、身に覚えがないってなんで言わなかったのよ、私！）

今のレイチェルであれば、絶対に言い返していた。

後の祭りになる前に、前世の記憶が戻っていれば、と嘆《なげ》かずにはいられない。

（……今からでも、お父様に申し開きしなくては）

今回のことで一番迷惑を掛けるのは、公爵である父親のリアムだ。

レイチェルが頭の整理をしているうちに、外は明るくなっていた。父親も起きているだろう時間になっている。

寝ている場合ではないと、レイチェルはベッドから身を起こした。

するとタイミング良く、コンコンと控《ひか》えめなノックの音がする。

「失礼いたしま――お嬢様！　目が覚められたのですね、良かった！」

入ってきたのは侍女のパティだ。彼女は、レイチェルが幼少の頃から仕《つか》えてくれている専属の侍女である。

レイチェルが起き上がっているのを見て安心し、涙目になっているパティに、レイチェルは微笑《ほほえ》みかけた。

「パティ……ごめんなさい、心配掛けたわね」

「お嬢様が笑った⁉」

レイチェルの微笑《ほほえ》みを見たパティは、目を見開いて驚く。

「嬉しい時も悲しい時も、驚いた時だって、ほぼ無表情のお嬢様が⁉　もっ、もしかして、高熱でお顔の筋肉が解《ほぐ》れたのですか⁉」

そして、驚愕《きょうがく》の表情のまま、失礼なことを言った。

（そんなに今までの私って無表情だったの⁉　っていうか、高熱で表情筋は解《ほぐ》れるものなのか……いやいや、解《ほぐ》れたら怖いわ！）

思わずレイチェルは、心の中でツッコミを入れた。

その後、「お嬢様の表情筋が解《ほぐ》れた！」と興奮状態のパティが落ち着くのに、十分ほど要した。現在、我に返った彼女はレイチェルに深々と頭を下げている。

「すみません、取り乱してしまいました」

「良いのよ……私も驚いたから」

(……パティの反応にというよりも、今までの自分に)

今までのレイチェルが無表情だったことは自覚していたが、少し微笑《ほほえ》んだだけでここまで驚かれるレベルとは思っていなかった。

「それはともかく、パティも……アルヴィン様との件、知っているのよね？」

まずは改めて状況を探《さぐ》ろうと、レイチェルはパティに確認した。

「ええ、伺っております……清々《せいせい》しましたわ」

「……へ？」

予想外の返事に、レイチェルの口から間抜けな声が出る。

「無表情でも心優しいお嬢様は、あのアホ王子にはもったいない、と常々思っておりました」

パティは鼻息荒く言った。

(アホって……いえ、まぁアホなんだけど……一応王子だから、不敬に当たるんじゃゃ——でも良かった。私《レイチェル》を分かってくれる人がいるのは嬉しい！)

少なくとも、孤立無援でないことにほっとする。レイチェルは幾分パティに勇気付けられて、本命の質問を口にした。

「ありがとうパティ……ところで、お父様はもう起きていらっしゃるかしら？」

レイチェルの父は多忙のため、なかなか会えない。しかも今回のことで、要らぬ仕事を増やしてしまっているだろう。仕事に出る前に、せめて謝る機会をもらいたかった。

「はい。お嬢様が目覚められたと知らせてきますね」

そう言ってパティは部屋を出ていこうとする。レイチェルは慌《あわ》ててそれを制した。

「待って、私がお父様の部屋に行くわ……一緒に来てくれる？」

関係のないパティを巻き込むのは憚《はばか》られたが、怒られることが分かっているところに一人で行くのには勇気が必要だ。

少し弱気になったレイチェルは、パティにお願いしてみた。

「くっ……お嬢様から、こんなに可愛らしくお願いされる日が来るなんて！　どこにでも一緒に行きますわ！」

ベッドに腰掛けたままの体勢で上目遣いをしたレイチェルに、パティは大きく頷いたのだった。

レイチェルの父であるリアム・ヘーゼルダインは、公爵であり、この国の宰相でもある。

(悪役令嬢が宰相の娘って、王道よね)

そんなことを考えながら、レイチェルは廊下を歩く。

リアムは、銀髪碧眼《ぎんぱつへきがん》、容姿端麗《ようしたんれい》、無表情……レイチェルは確実にリアムの血を受け継いでいた。

もっとも、父リアムの場合は、無表情が〝クールで格好良い〟と言われている。妻子のいる今でも、貴婦人たちからひそかに人気なのだ、と使用人が話しているのを、レイチェルは聞いたことがあった。

因《ちな》みに若い頃は『氷の貴公子』と呼ばれていたらしい。

「お父様、レイチェルです。入ってもよろしいですか?」

リアムの書斎の前にたどり着《つ》いたレイチェルは、一回深呼吸をすると扉をノックする。

「入りなさい」

それに応えて、部屋の中からリアムの重低音の声がした。

「――っ、失礼いたします」

部屋の中に入ると、廊下に比べて室温が数度低い。

『氷の貴公子』の異名は、外見の特徴だけを示していたのではない。

彼もレイチェルと同じ水属性の魔力を持っており、感情――特に怒りが、周囲の温度に影響を与えるのだ。

つまり、部屋の温度が下がっているということは、リアムが怒っているということだった。

「レイチェル、体調はもう大丈夫なのか？」

だが、レイチェルの体調を心配する声からは怒りを感じない。少し安心したレイチェルは、小さく息をついた。

「はい。熱はもう下がりました……それで、その……アルヴィン王子との婚約の件につきまして……――っ」

レイチェルが婚約と言葉にした瞬間、一気に室温が下がる。

（あああっ、やっぱり怒ってる！　怖い!!）

レイチェルはこの場から逃げたい気持ちで一杯になった。

「も、申し訳ありませんでした！」

スライディング土下座を披露したいくらいの心境で、レイチェルはリアムに頭を下げる。

「レイチェル……その謝罪は何に対するものだ？」

リアムが静かに問う。

「それは……その、身に覚えがないこととはいえ、私のせいで婚約を破棄されてしまったことについてです」

実はレイチェルには、先程のパティの反応から一つの懸念を抱いていた。

それは、これまでのレイチェルが無表情だったために、他者を〝見下している〟と誤解されていた可能性だ。

「そうか。確かに私が聞いた話によると、お前の行動が原因で婚約破棄を言い渡されたとなっている……身に覚えはないんだな？」

リアムはもう一度、強く尋ねた。レイチェルは答える。

「はい。無表情ゆえ、誰かを不快にさせてしまったのかもしれませんが、他人を見下したことなどありません」

それは胸を張って宣言できることだ。

「アルヴィン様は、それについて、問いただしたりはしなかったのか？」

「なさいませんでした」

あの時、久しぶりにアルヴィンの声を聞いたくらいだ。

そもそも、少しでもレイチェルの話を聞いてくれていたら、あんな結末には至らなかったはずである。

「……あのアホ王子が……っ」

レイチェルの返事を聞いたリアムが絞り出すような声で呟《つぶや》くと、部屋の温度がさらに下降する。

急激な温度変化により室内がビキビキと音を立てた。

（寒い！　窓、凍ってるんじゃ⁉）

リアムは魔力コントロールに長《た》けており、余程のことがなければこのような状況を起こしはしない。つまり今のリアムはそれほど怒っているということだ。

「王がなんとしてもレイチェルを嫁に欲しいと言って聞かないから、渋々婚約を許したというのに……こうも容易《たやす》く破棄するとは……しかも、原因をこちらになすりつけた上に、公衆の面前で――アホだアホだとは思っていたが、ここまでとは！」

（王様が私を望んだ？　なんで？　というか、寒いよ、お父様‼）

自分の婚約は王家との結びつきを強くするために父親が望んだものだと思っていたレイチェルは、リアムの言葉に疑問を持った。

けれど、今はそれ以上にこの寒さが問題だ。吐く息が白くなるほどに寒い。

（あ、パティは大丈夫かな……）

パティが寒さにとても弱いことを思い出したレイチェルが後ろを振り返ると、彼女は青ざめた顔で立っているのがやっとの状態であった。

「お父様、パティが凍《こご》えてしまいます!!」

レイチェルは慌《あわ》ててパティに駆け寄ると、魔力で防壁《シールド》を張る。

「すまない、怒りで魔力が溢《あふ》れてしまっていたんだな……」

レイチェルの声でリアムも我に返り、気を静めた。いくらか寒さがましになる。

ところが、レイチェルに支えられて立っているパティが、困惑の声を上げた。表情も戸惑《とまど》っている。

「……お嬢様?」

「どうしたの?」

「あ、あの……水属性のお嬢様が、なぜ風の防壁《シールド》を?」

「え?」

(風の防壁《シールド》? そんなもの張った覚えない……というか、張れないけど?)

パティの言っている意味が分からず、レイチェルは自分の張った防壁《シールド》を見る。そこにはパティが言うとおり、風の防壁《シールド》があった。

「え? ええ? なんで!?」

基本的にこの世界で一人の人間が持つ魔力の属性は、生まれつき一つと決まっている。稀《まれ》に何種類かの属性の魔力を持つ者もいるが、使いこなすには特別な修練が必要だ。間違っても無意識に使えるようなものではない。

（私、風の魔力なんて持ってないはずなのに、どうして使えるの⁉）

「レイチェル、ちょっと良いか」

驚愕《きょうがく》で固まるレイチェルに近付くと、リアムは彼女の額《ひたい》に手を当てた。

「確かに風の魔力を感じる……いや、風だけではないな……どういうことだ？」

目を瞑《つむ》って真剣な表情で魔力を分析する父の姿に、レイチェルは不安を覚えた。

水属性のレイチェルに風の魔力があるだけでも異常事態なのに、〝風だけではない〟とは、一体何が起こったのだろうか。

「魔術協会で調べたほうが良いな。朝食の後に出掛けるから、支度をしておきなさい」

リアムが静かに宣言した。

魔術協会とは、その名のとおり魔術にかかわる全ての事象を管理、研究している機関だ。この国では一歳の誕生日を迎えると、そこで属性検査を受けることになっている。もちろん、レイチェルも検査を受け、水属性と判断されていたのだが……。

婚約破棄の件でリアムのもとを訪れたはずが、思いもよらない展開になった。

「あの、お父様……先程までのお話は……」

「ああ、それは後で良い……馬車の中でも話せる」

リアムに控《ひか》えめに声を掛けたものの、あっさりと流される。

ついさっきまでアルヴィンに怒りを顕《あら》わにしていたリアムだが、娘の属性変化のほうが心配ということであろう。

こうしてレイチェルは、父と共に魔術協会に行くことになった。

＊＊＊＊

朝食を済ませたレイチェルは、リアムに付き添われて魔術協会にやってきていた。

「お父様、お仕事は大丈夫なのですか？」

こうして一緒にいてくれるのは嬉しいが、リアムは同じ屋敷に住んでいてもほとんど会えないくらい多忙なのだ。

「しばらく休暇をもらっているから、大丈夫だ」

レイチェルの心配をよそに、リアムはサラリと言う。

ふとレイチェルが従者を見ると、彼はなんとも言えない苦笑をしていた。

だが、リアム自身が何も言わないので、「大丈夫」なのだということにする。正直、一人で魔術協会の偉い人と会うのは心細い。

あの後すぐにリアムが協会に使いを出していた。レイチェルの属性については、属性管理局局長が直々に対応すると連絡をもらっているらしい。

二人は職員に案内され、協会本部の会議室のような部屋に通された。

「あっ、宰相様。何かお嬢さんが面白いことになってるって？」

部屋の中に入ると、軽い調子でリアムに話し掛ける声が聞こえてきた。

声のほうを見ると、二十代半《なか》ばのいかにもチャラそうな外見の青年が椅子に座っている。

白衣を着ているので、研究員だろう。

(面白いことって婚約破棄のこと？　それとも属性が変化した件？　魔力の属性変化が〝面白いこと〟なら、まぁ、研究員ならそう思うかもしれないけど、……婚約破棄のことだったら、すごく失礼だわ！)

レイチェルは心の中で不満を零《こぼ》す。

リアムも同じことを思ったようで、青年に問い掛けた。

「ウォルト……その〝面白いこと〟は、何に対して言っているんだ？」

「両……——やだなぁ、属性の変化に決まってるじゃないですか～」

（今、絶対「両方」って言いかけた……）

レイチェルの中で、青年は『失礼な奴』認定される。

「お父様、この方はどなたですか？」

「ああ、ウォルト・ハネスト。属性管理局の局長だよ……見えないがね」

溜息《ためいき》をつきながら、リアムが青年を紹介する。

よく考えれば、属性管理局局長が対応すると言われてこの部屋に案内されたのだから、彼がそうであると判断できても良かったのだが……あまりにチャラかったので分からなかったのだ。

「よろしくね、お嬢さん」

驚きの表情のまま固まるレイチェルに、ウォルトはヒラヒラと手を振って挨拶した。

間違っても機関の長《おさ》のとる態度ではないが、父は特に何も言わない。

ウォルトもリアムに気を遣う様子はなかった。普段から、このような態度なのだろう。

「じゃあ、さっそくお嬢さんの属性を見てみようか～。はい、この石を持って魔力を込めてみて」

ウォルトは、軽い調子でそう言って、水晶のような透明な石をレイチェルに手渡す。

石は判定石と呼ばれるもので、その名のとおり魔力の属性を判定する際に使用されている。水属性なら青、火属性なら赤といったように、伝わる魔力によって属性特有の色に変化するものだ。

レイチェルはウォルトの言葉に従い、石に魔力を込めた。

結果、石の中は青・赤・黄・緑が混ざり合ったマーブル模様に変化する。――そして砕け散った。

「……」

「……」

予想外の事態に、レイチェルとリアムは言葉を失った。

沈黙を破ったのはウォルトだ。

「わぁ、ホントに面白いことになってるねぇ。判定石が砕けるとか初めてだ～。砕け散る前の色は基本属性全部入ってたし……すっごいなぁ」

口調は変わらず軽いが、表情は先程と違い、真剣なものになっている。

「基本属性全てだと？　そんなことが有り得るのか？」

「まぁ、前例がないわけではないんですけど、稀少なんであんまり文献もないですねぇ～。お嬢さん、体調とか大丈夫なの？」

「え、えぇ……特になんともありません」

強《し》いて言えば前世の記憶を思い出したせいで高熱を発したが、その説明はややこしくなりそうだったのでやめておく。

「それなら良かった。けど……もう少し詳しく調べないと、本当にこの先も大丈夫かどうかは、なんとも言えないなぁ。お嬢さんは今から時間ある？」

元々、学園には休みと届けている。

時間に余裕があったレイチェルは、静かに頷いた。

結局ウォルトの言う「もう少し詳しく」は、全く少しではなかった。

レイチェルは検査に一日を費《つい》やしてしまう。

リアムは途中で従者と一緒に、渋々屋敷に戻っていた。宰相であり公爵でもある身には、外せない仕事が多々あるのだ。

（……疲れた）

全ての検査を終えたレイチェルは、初めに通された部屋で椅子に座り、小さく溜息《ためいき》をつく。

「お疲れ様～。結果は、う～ん、やっぱり原因は分からなかったんだよね……まぁ、他は正常だから、このまま様子を見てても大丈夫だと思うんだけど……お嬢さんは水属性以外の魔術も簡単に使えるんだよね？」

「ええ……」

検査で分かったのは、使いたい力を思い浮かべるだけで、レイチェルが水以外の属性魔術も発動できることだった。

「それってさ、無意識に使っちゃう可能性もあるよねぇ……」

自分の持つ魔力の属性が変化していることに気が付いたのは、無意識に風の防壁《シールド》を展開したせいだ。その可能性は大いに有り得る。

レイチェルはこくりと頷く。

「属性が変化したことは、他の人に言わないほうが良いと思うんだけど……使っちゃったらバレちゃうね～」

ウォルトの言うとおり、基本属性全ての魔術が使えることは不用意に他言するべきではない、とレイチェルも思っている。

これは、とても便利で他人が羨《うらや》む力だ。強大な力は、波乱の原因になりかねない。

それに今は体調に問題がなくても、使用しているうちに負荷がかかる可能性もある。

「う～ん、何か良い方法――あっ、そうだ……お嬢さん、もう少し待ってもらっていい？

多分、今日は彼が来てるはずだから～」

そう言うとウォルトは、レイチェルが「彼って、どなたですか？」と質問する前に、部屋から出ていった。

程《ほど》なくしてウォルトが誰かを伴《ともな》って戻ってきた。

「お待たせ～。――こっちだよ、王子」

レイチェルは「王子」という言葉に、一瞬身構える。けれど、姿を現したのはアルヴィンではなかった。

「ウォルト……せめて何か説明をしてくださ――レイチェルさん？」

「エミリオ様？」

ウォルトに引っ張られるように部屋に入ってきたのは、第一王子のエミリオ・ランドールだ。

「なぜレイチェルさんがここに……？」

エミリオが困惑の表情を浮かべているあたり、ウォルトはなんの説明もせずに彼を連れてきたのだろう。

レイチェルもどうしてウォルトがエミリオを連れてきたのか分からず戸惑《とまど》った。

「……この度は弟が大変なご迷惑をお掛けしてしまい、本当に申し訳ありません」

エミリオがレイチェルに申し訳なさそうに告げた。弟とはもちろんアルヴィンである。

「い、いいえ、エミリオ様が謝罪する必要なんてありませんわ！」

エミリオが頭を下げたことで我に返ったレイチェルは、慌《あわ》てて椅子から立ち上がり首と手を横に振った。

「しかし……」

まだ表情を曇《くも》らせているエミリオに、「本当に大丈夫です」と笑顔を返す。

アルヴィンに対して憤《いきどお》りを感じているのは事実だが、兄であるからといってエミリオが謝る必要はない。

レイチェルの笑顔を見たエミリオは、一瞬目を見張ったものの、強張《こわば》っていた表情を徐々に緩《ゆる》めた。

「レイチェルさんは、少し……変わりましたね」

「ええっと……そうですね。少し前の私は、上手に表情を作れなかったので……」

自分の笑みを見たパティの驚きようを思い出しながら、レイチェルは答える。

魔術協会に来る馬車の中で、リアムにも「雰囲気が変わったな」と言われた。その時レイチェルは、なんと答えるべきか悩んだのだ。

属性変化のことだけでも父に心配を掛けているのに、「前世を思い出した」など、さらに混乱させそうで言えない。

なので、「アルヴィン様に婚約破棄されて、色々吹っ切れましたので」と誤魔化した。

しかし、弟の所業に心を痛めているらしいエミリオに、同じようには返せない。レイチェルは歯切れ悪く答えた。

けれどエミリオが言いたかったのは、表情のことではなかったらしい。

「あ、いえ……確かに表情というか雰囲気も変わったなと思ったのですが……その、以前は私と話す時、緊張していたように見えたので……」

「それは……」

エミリオは聡明で品行方正、物腰も柔らかく優しい王子だ。れっきとした現国王と王妃の息子だし、第二王子のアルヴィンよりもよっぽど王位継承者に相応《ふさわ》しい。

それにもかかわらず、エミリオは王位継承権を持っていなかった。

なぜなら、彼が黒髪に黒眼だからだ。

前世では見慣れた色合いのそれは、この世界では違った意味を持っている。

黒髪黒眼は〝闇属性〟の証《あかし》だ。

魔力の基本属性は、水・風・土・火であるが、ごく稀《まれ》に光、または闇属性の魔力を持つ者が生まれる。

そして、他の属性の魔力を持つ者は髪も目の色も決まっていないのに、闇属性の者だけは必ず黒髪黒眼で生を受けた。

また、光属性の魔力保持者が崇拝されているのとは逆に、闇属性は畏怖《いふ》の対象となっていた。

それゆえに、エミリオは王位を継げないのだ。

属性が違うからと差別するのは間違っている。

元々のレイチェルもそう考えていた。けれど、心の奥ではエミリオを怖がる気持ちもあった。それを彼は、敏感に感じ取っていたのだろう。

「そう……ですね。以前の私は、エミリオ様の闇属性が少し怖かったみたいです。でも、今は全く怖いと思っていません！　――えっと、エミリオ様？」

元日本人の感覚からすると、黒髪黒眼は馴染《なじ》み深く懐《なつ》かしい色である。色とりどりの髪色をしたアルヴィンや他の攻略対象より親しみやすいくらいだ。

意気込んで答えたレイチェルを見て、一瞬戸惑《とまど》ったような表情をしたエミリオだったが、すぐに柔らかい笑みを浮かべた。

「いえ……その、ありがとうございます」

「――っ」

アルヴィンの婚約者だったレイチェルは、これまでにもエミリオと会う機会があり、彼の笑顔も何度も見たことがあった。

しかし、今のように少し照れを含んだ顔を見たのは初めてで――なぜか胸が、ドクンと跳ねる。

（……なんだか、顔が熱くなってきた気がする）

顔に熱が集まってくるのを自覚したレイチェルは、誤魔化すように首を軽く振る。

「と、ところで、ウォルトさんは、なぜエミリオ様を引っ張ってきたのですか？」

見ると、ウォルトは奥の小部屋に引きこもり、何かを探していた。ゴソゴソと物を掻《か》き分《わ》ける音が聞こえる。

「んー、ちょっと待って――あ、あった」

目当ての物を見つけたらしい彼が、戻ってきた。その手には白い石を持っている。

属性の判定石に似ているが、色が違った。

「お嬢さんの属性のことは他の人には言わないほうがいいってさっき言ったけど、王子には教えても良い？　ちょっと協力してもらおうと思うんだ……王子の人となりは僕が保証するよ」

「エミリオ様のことは信用していますので、話しても大丈夫ですわ」

エミリオが、他人に不利益をもたらすかもしれない話を吹聴《ふいちょう》したり、利用したりするような人物ではないことは、知っている。レイチェルはウォルトの申し出を快諾した。

「あの……お二人が信用してくれるのは嬉しいのですが、全く話が見えません……」

二人のやり取りを聞いていたエミリオが、困惑したように言う。何も説明されずに連れてこられたらしいから、当然の反応だ。

「あはは、ごめん、ごめん。実は――」

軽い調子で謝った後、ウォルトがエミリオに説明した。


「――属性が変化……基本属性全てに、ですか？　そんなことってあるんですね」

説明を聞き終えたエミリオは、考え込むように呟《つぶや》く。

「古い文献で読んだことはあるんだけどね～、実際に見たのは僕も初めて……珍しいよね～」

珍獣みたいに言わないでほしいとレイチェルは思った。

「それで、私に協力させたいことがあると、先程言っていましたが……具体的に、何をしたら良いのですか？」

「うん、お嬢さんの魔力属性が変化したことは、あまり人に知られないほうが良いと思うんだ。だけど、今のままじゃ、無意識に力を使っちゃうかもしれないみたいなんだよね……それで、王子に魔力の調整をお願いしたいんだ～」

ウォルトの説明を聞き「そういうことですか」と納得するように頷くエミリオ。

逆にレイチェルは、なぜ、魔力の調整をエミリオに頼むのか分からず、首を傾《かし》げた。

「そっか、お嬢さんは知らないか……えっと、王子が闇属性なのは知っているよね？　闇属性はみんなに恐れられているせいで、どんな力なのかあまり知られていないけど、基本属性の力を制御できるんだよ。だから、王子の力で、お嬢さんが水属性以外の力を無意識に使わないようにできるんじゃないかな～と思うんだ～」

「え？　そう簡単にできるんですか？」

「理論的には可能だよ。この石に王子の魔力を蓄積させて、僕が、お嬢さんの魔力に合うよう細かく調整する。その石をお嬢さんが持っていれば、力の制御ができるって寸法さ～」

ウォルトは軽く言ってのける。

今までほとんど例のない事態だと言っていたのに、対応策をこんな短時間で出す彼に、レイチェルは驚いた。属性管理局局長の名は伊達《だて》ではないらしい。

エミリオもそう感じたのか、少し驚いた表情をしている。だが、すぐにウォルトに手を差し出した。

「その石に私の魔力を送り込めば良いのですね」

「うん、はいさっそくよろしく〜」

ウォルトが白い石を渡す。

神妙な面持《おもも》ちで石を受け取ったエミリオが意識を集中し始めると、場の空気が変わった。静電気に似たピリピリとした空気に産毛《うぶげ》が逆立つ。

レイチェルがエミリオの持っている石を見ると、白から徐々に黒へ色が変化していった。

(黒い宝石みたいで、綺麗……)

おそらく、闇属性を忌避《きひ》しているこの世界の人々は、そのような感想を持たないだろう。しかし、レイチェルは綺麗だと感じた。

「ウォルト、これくらいで良いですか?」

石の色が均一に黒に変わったのを確認したエミリオが、ウォルトに石を渡す。

「うん。じゃあ僕は、今からお嬢さんの検査データを参考にして魔力の調整するから……

二人は適当に帰って良いよ〜」

石を受け取ったウォルトは、そう言うが早いか、部屋から出ていく。一刻も早くその石の調整をしたいのだろう、目がとても輝いていた。

帰って良いということは、石の調整は今日中には終わらないらしい。それにしても、「適当に帰って」とは大雑把《おおざっぱ》すぎる。

「……ウォルトは、相変わらずですね……」

エミリオが苦笑した。

その言い方からすると、二人は旧知の仲なのであろう。

「ウォルトさんと仲が良いのですね」

「ええ、結構長い付き合いです。かれこれ十年近くになりますか……」

「十年前と言えば、エミリオ様は八歳くらいですか？」

「そうですね、それくらいの年です。属性のことで度々魔術協会《こちら》を訪れていたのですが、ある日突然、彼に『闇属性について調べたい』と言われまして……それが始まりです」

ウォルトは今二十代半《なか》ばと聞いているので、当時は十五歳くらいである。

「そんなに前からウォルトさん、魔術協会にいたのですね。突然調べたいと言ってくるあたりが彼らしいですが……まだ学生だったのではないですか？」

十五歳なら、今のレイチェルより年下である。

「ええ。けれど、属性管理局の前局長のところに入《い》り浸《びた》っていたみたいで、既《すで》にそこらの研究員よりも魔術について詳しかったようです。前局長も一目置いていたらしいですよ——普段のウォルトは、態度が軽く誤解されることが多いですが、魔術に関しては任せても大丈夫です」

レイチェルを安心させるように、エミリオが笑顔で言う。

「はい、調整が終わるのを楽しみに待っていることにします……ところで、エミリオ様はこの後どうされますか?」

「私は……そうですね、図書館にいるのをウォルトに引っ張られて、ここに来たので……図書館に戻ろうと思っています」

「ここに図書館があるのですか?」

魔術協会に図書館があることを、レイチェルは知らなかった。そもそも今回のようなことがなければ、魔術協会を訪れる機会はそうそうない。

「ええ、魔術関係の本が多いですが、それ以外の本も結構充実していますよ」

「あの……エミリオ様のご迷惑でなければ、ご一緒してもよろしいですか?」

帰りはリアムが迎えに来る予定だが、時計を見るとまだ時間がある。

レイチェルは今も昔も本を読むのが好きだ。以前のレイチェルはあまり外出しなかったため、自宅の書庫にあるものを読んでいた。けれどもう読み尽くしてしまっていたので、図書館があるのなら是非行ってみたい。

「迷惑なんてとんでもない……でも、一緒で良いのですか……さっきの石の変化を見た後で、その……気持ちが悪くはないですか？」

　歯切れ悪くエミリオが言う。

「気持ち悪い？　何がですか？」

　本気でなんのことか分からないレイチェルは、きょとんとした。

「いえ……気にならなかったのなら、良いのです――ありがとうございます」

　レイチェルの顔を見たエミリオは、ホッとしたように表情を緩《ゆる》める。

「――では、案内しますね」

「ええ、よろしくお願いします」

　レイチェルは『ありがとうございます』と言ったエミリオの、泣きそうな笑顔が頭から離れなくなる。

（図書館が気になるのは本当だけど……もう少しエミリオ様とお話ししてみたい）

　レイチェルが『今は全く怖いと思っていません』と言った時の戸惑《とまど》った表情、ウォルトのことを語る穏やかな表情、それから今の泣きそうな笑顔……彼のことをもっと知りたいと、レイチェルは思ったのだった。

エミリオに案内された図書館は、想像していたよりも大きかった。

魔術協会の東棟と西棟の間にある二階建ての建物で、外観からは全く図書館だと思えない。

中は、エミリオが言っていたとおり魔術関係の書物が多いようだが、ザッと案内板を見たところ、それ以外の本も豊富に置いてあるらしい。

「すごいですわ。こんなにあるとは思いませんでした！」

レイチェルは、自分でもテンションが上がっているのが分かった。

「登録すれば、借りることもできますよ」

「本当ですか！　――っ、すみません、少し騒がしかったですわね」

エミリオの微笑《ほほえ》む顔を見て、レイチェルは我に返る。見たところ館内に二人以外の気配はないが、〝図書館は静かに〟が基本である。

「いいえ、大丈夫ですよ。レイチェルさんは本が好きなんですね」

「はい。本は色々なことを教えてくれますから……」

幼い頃、あまり外に出たがらないレイチェルにリアムが買ってくれたのは、一冊の童話だった。

　気付けばレイチェルは、小さな女の子の出会いと成長がつづられたその物語に引き込まれていた。それがきっかけで読書が好きになったのだ。

　今では恋愛小説から実用書まで幅広いジャンルを読んでいるが、どれも新しい発見をレイチェルに与えてくれる。

　玲も読書は好きだった。そのせいか、前世の記憶が蘇《よみがえ》った今、さらに本好きになったような気がする。

「そんなに喜んでもらえると、案内した甲斐《かい》がありますね。帰る前に、登録方法をお教えしますので、ゆっくり選んでください」

「はい！　ありがとうございます」

　属性変化の件があるため今後、魔術協会に来る機会は増えるだろう。

　今日受けた諸々《もろもろ》の検査をこれからも受けるのだと思って少し気分が滅入っていたレイチェルは、図書館に来られるのであれば頑張れる、と気持ちを立て直した。

　それからしばらく、エミリオとは別行動で、気になる本を手に取りながら館内を回る。

　けれど、ふとエミリオがどんな本を読んでいるのか気になり、レイチェルは窓際に座る彼に近付いた。

「エミリオ様は何を読んでいますの？　――画集ですか？」

エミリオが見ていたのは風景画だった。夕焼けで茜色《あかねいろ》に染まる町並みや森の中の湖など、美しい景色が描かれている。

「物語を読むのも好きですが、絵を眺《なが》めるのが好きなんですよ。本当は美術館にも行ってみたいのですが……」

エミリオは言葉を濁《にご》す。

周囲に畏怖《いふ》の目で見られるのが分かっている彼は、人の多く集まる場所には行かないようにしているのだろう。

実際、通っているはずの学園でも、彼を見かけることはほとんどない。王族として公《おおやけ》の場に出てくることも稀《まれ》であった。

（カラーコンタクトとか、あれば良いのに……）

髪色は隠せるかもしれないが、この世界にはコンタクトレンズが存在しない。

レイチェルはそれを残念に思う。

「でも画集は空いた時間にいつでも見られるので、重宝しているんですよ」

考え込んでしまったレイチェルを気遣ってか、エミリオはそう付け足した。

それからレイチェルを隣の席に促《うなが》す。

彼女は彼の横に座り、画集を見せてもらった。言葉少なめにエミリオが絵の解説をしてくれるのを、頷きながら聞く……優しい時間が流れた。

気が付けば、リアムが迎えに来る時刻にさしかかっていた。

楽しい時間はすぐに過ぎてしまうのは、世の常だ。

「そろそろ父が迎えに来る時間ですわね……」

「では、登録方法をお教えしますね。借りたいものは見つかりましたか？」

開いていた画集をそっと閉じ、エミリオが立ち上がった。

「はい。あ、あの、そちらの画集の中から一冊お借りしても良いですか？」

机の上にある画集を示しながら、レイチェルは尋ねる。エミリオがどのような画集を見ているのか、興味があった。

「でしたら、この画集がお薦《すす》めですよ」

エミリオが何冊かある画集のうちの一冊を手に取り、レイチェルに差し出す。

それは海をモチーフにした、アクアマリンの綺麗な表紙が印象的な画集だった。

画集を受け取るレイチェルを見て、エミリオは笑みを深める。

「なんだか不思議ですね……こんなふうにレイチェルさんと一緒に過ごす日が来るなんて、想像もしていませんでした」

レイチェルはエミリオの言葉に頷く。

前世の記憶を思い出す前の彼女は人見知りが激しく、必要最低限しか屋敷から出なかった。アルヴィンの婚約者として王宮を訪れることはあったが、エミリオと会うのは稀《まれ》で、挨拶を交わすくらいの交流しかなかったのだ。

「そうですわね。確かに不思議な気持ちですわ……あの、今日は、ありがとうございました」

レイチェルは静かに頭を下げる。

思い返せば怒涛《どとう》の一日であったが、図書館でエミリオと過ごし、心が落ち着いた。

彼はレイチェルに癒《いや》しの時間を与えてくれたのだ。

「いえ、こちらこそ今日は楽しかったです」

そう穏やかな笑顔で応えてくれたエミリオが、自分と同じ気持ちなら嬉しいなと、レイチェルは思った。


そんなふうに、前世を思い出した後の長い一日が終わった。

(本当に、大変な一日だった……)

レイチェルが屋敷に戻った時には、既《すで》に夜になっていた。

彼女はフカフカの布団《ふとん》に身体を沈めると、大きく息を吐く。

前世の記憶を取り戻したり、魔力の属性が変化したり、エミリオに協力してもらうことになったり……なんとも濃い日だ。

幸い、一番の問題だった婚約破棄については、屋敷に帰る馬車の中で、リアムから『私が王に制さ……物申しておくから、レイチェルは気にせず過ごしなさい』と黒い笑顔で言われている。

（お父様……「制裁《せいさい》」って言いかけてたよね？）

すごく気になったが、その場で聞き返す勇気の出なかったレイチェルは、「分かりました」と若干引き気味の笑顔で答えた。

少し心が軽くなり、お日様の良い匂いがする布団《ふとん》に包まれた彼女は、瞼《まぶた》が重くなる。

そして深い眠りに身体を委《ゆだ》ねたのだった。

＊＊＊＊＊

瞼《まぶた》を開くと、レイチェルは真っ白い空間にいた。

（この空間……すごく既視感があるんだけど）

つい最近同じ空間で、とある神と出会った気がする。

「おお、前世の記憶を取り戻したようじゃの」

ゴスロリで栄光の女神な『ゲームの神』を思い出していると、背後から話し掛けられた。振り返ると、思い出のままの姿で神が立っている。

もう会うことはないと諦めていたが、こうして相見《あいまみ》えた以上、是非とも物申したいことがレイチェルにはあった。

「前世、思い出すの遅くない？」

「開口一番それか！」

他にも色々……本当に色々と聞きたいことはあったが、前世を思い出して一番に思ったのがそれだったのだから仕方がない。

レイチェルはジト目で神を見た。

「ぐっ……分かったから、そんなに恨みがましい目で見るでない……ちゃんと説明する」

レイチェルの醸《かも》し出《だ》す負のオーラに負けて、神が語り始める。

「我も万能ではないからの……そのぅ……思い出すタイミングは運任せなのじゃ……我も〝ざまぁ〟された後になるとは思わなかった……」

どうやら神にもコントロール不能だったようだ。運任せとはなんともアバウトなものである。

「……じゃあ、なんで悪役令嬢に転生を？」

ゲームをプレイしたことがないので、どのキャラに転生しても大差なさそうだが、どうしてわざわざ悪役令嬢のレイチェルを選んだのかが気になる。

「おお！　そのことならば饒舌《じょうぜつ》に語れるぞ！」

しょんぼりしていたのが嘘のように、神が元気になった。

「まずは、このゲームの世界に転生させた理由じゃが、おぬしの記憶にこのゲームの情報があったからじゃ。全く知らないゲームよりも、雑誌とやらでだけでも見たことがある世界のほうが良かろうとの配慮じゃぞ。しかし、このゲームについて我は解《げ》せぬことがいくつかあった……それは、悪役令嬢のキャラ設定が緩《ゆる》すぎることじゃ！　悪役なのに悪いことはしておらぬし、ヒロインのライバルというわけでもない……ようするにパンチが足りないのじゃよ。だから、おぬしを悪役令嬢に転生させることで、面白い展開にならぬかなぁと期待しておったのじゃ!!」

宣言どおりに神は饒舌《じょうぜつ》に語る。

確かに前世を思い出した時、「え、レイチェル《私》、別に悪くないよね」と感じた。前世で読んだネット小説の悪役令嬢は、もっとインパクトのあるキャラが多い。

「……あとは、アルヴィンにむかついた」

「そこは激しく同意する」

レイチェルは付け加えられた神の言葉に、力強く頷く。

「なんであんなアホがメインの攻略対象なのじゃ……イケメン王族オーラで誤魔化しているが、アホであることは変わらぬわ！　ヒロインとかかわっていくうちに、王位継承者の自覚が芽生えるはずが……あまり変わらなかったしのぅ」

アルヴィンは神にもアホ認定されていた。ゲームの製作者は何を思って彼をメイン攻略対象にしたのか謎である。

「……ごほんっ、それはともかく、おぬしには、〝ざまぁ〟回避に役立つような能力を付加しておいたのじゃが……」

「それって、もしかして魔力の属性が変わったこと……？」

能力の付加と聞いて思い当たるのは、属性変化しかない。

「そうじゃ。前世を思い出したら、チート化するようにしておいたのじゃ。光と闇の魔力は扱いが難しいから、基本属性だけじゃが……あ、ちゃんと身体に負荷がかからぬようにしておいたぞ。普段はこんなに気前の良いサービスはしておらぬが特別じゃ」

神の説明により、属性変化の謎はあっさり解けた。しかし、普段はしないサービスをどうしてしてくれたのだろうか？

「なんで、サービスしてくれたの？」

「それは……おぬしは我を『可愛い』と言ったじゃろぅ？　だから、その……サービスしたくなったのじゃ」

あの時の神は『小娘に可愛いと言われて屈辱《くつじょく》』と言っていたが、内心は嬉しかったようだ。

（可愛いなぁ）

「ニヤニヤするでない！　いたたまれない気持ちになってしまうであろう！」

思わずレイチェルの頬が緩《ゆる》んだようで、神に怒られる。

「ごめんなさい。可愛かったから、つい……じゃあ、属性が変わったのは特に心配いらないってことだね」

「う、うむ、活用できるのであれば、存分に活用して構わぬ。まぁ、無意識に他の属性の魔力を使用してしまう可能性までは考慮しておらなかったが、そこはエミリオの協力が得られたようじゃし大丈夫じゃろう……ゲームはエンディングを迎えておるが、おぬしの人生はここで終わりではない。後悔せずに生きるが良い」

（そうだよね、これからの人生は自分で作っていかなくちゃいけないんだ！）

神の言葉を聞き、レイチェルはこれからの人生設計を真剣に考える。

そして、ふと気付いた。

「そういえば、これからも夢の中で会えるんだよね？　だったら『神様』って呼ぶのも味気ないし、名前を知りたいのだけど……」

「名乗ったであろう？　栄光の女――」

「それじゃなくて、個人の名前！」

またしても中二病な名前を言おうとした神をレイチェルは遮《さえぎ》る。

「むぅ……個人の名前と言われても、『神』という括《くく》りで呼ばれておったし……好きに呼んで構わぬぞ――いや、待て、変な名前は駄目じゃ！」

慌《あわ》てたように神が付け足す。

（どうしようかな。呼びやすくて、可愛い名前が良いけど……）

「……『リア』様はどう？」

レイチェルは、グロリアス・ゴッデスから一部を使用することにしてみた。『グロ』だと響き的にアレなので却下である。

「ふむ『リア』か……まぁ、良かろう」

渋々といった口調であるが、リアの表情はとても嬉しそうだ。どうやら気に入ったようだった。素直じゃない。

「では、我はおぬしのことを『レイ』と呼ぶことにしようかの。『玲』であり『レイチェル』じゃから良いであろう?」

そう言ってリアは、はにかむように微笑《ほほえ》んだのだった。

＊＊＊＊

我は『ゲーム』が誕生した時に創造された神である。

一口に『ゲーム』と言っても沢山《たくさん》の種類があるが、我が管轄《かんかつ》するのは、ゲーム機やスマホを使ったシミュレーションゲームが主であった。

昔はトランプなどのカードゲームを担当していた時期もあったのじゃが、いつの間にか『命運の神』に仕事を横取りされておった……

ゲームのやりすぎで、引きこもっていたのが悪かったのじゃろうか?

そんな我の仕事は、ゲーム世界の観察・調整と、『選定の神』によって選ばれた魂《たましい》をゲームの世界に転生させることである。

数十年前まではゲーム世界の観察・調整だけで良かったのじゃが、近年は後者の仕事のほうが多い。

しかし、ネット小説で認知度が上がったとはいえ、仕事自体は暇である。

我以外にも『ゲームの神』は存在するから、引きこもりのところに仕事を回さないようにしているのかもしれない。我としては、ゲームする時間が増えるから、「暇万歳！」じゃがの。

それでも、独りでゲームをしていると、ふとした瞬間に寂しさを覚えることがあった。

嗚呼《ああ》、我は一体何をしておるんじゃろうか……

そんなふうに気分が低迷している時に、『選定の神』から一つの魂《たましい》が送られてきた。

それが、青山玲じゃ。

彼女は、我が神であると名乗っても、物怖《ものお》じせずに話し掛けてきた。

我の外見が、彼女より年下の美少女だったから話しやすかったのかも知れぬが。とにかく久しぶりの他者との会話は楽しかったのだ。

そして我は彼女のことを気に入った。……決して可愛いと言われたのが嬉しかったからではないぞ！

乙女ゲームをプレイしたことがない玲の転生先は、彼女が生前雑誌で見たゲームにしておく。

そのゲーム、我はプレイ済みなのじゃが、悪役令嬢のパンチがいまいちじゃった。ヒロインを妬《ねた》んで虐《いじ》める系でも、ヒロインのライバル系でもない。よくよく考えると、「あれ、これってヒロインに助言してるんじゃないのか」と思うような台詞《せりふ》が多いキャラじゃ。強《し》いて言うのであれば、無表情な見た目が悪役令嬢っぽかった程度。微妙な悪役具合なのじゃ。

そんな悪役令嬢に玲を転生させたらシナリオがどう変わるのか、楽しみにしておったのじゃが……まさか〝ざまぁ〟されるまで前世を思い出さないとは、我も予想していなかった。

彼女にも開口一番に記憶を戻すタイミングについて文句を言われてしもうたが、そこは運任せなので赦《ゆる》してほしい。

そして、どうしてメインの攻略対象がアホ王子《アルヴィン》なのかという疑問については、彼女も激しく同意していた。

確かに『イケメン俺様王子』だから、王道といえば王道なのじゃが……阿呆《あほう》じゃぞ？

それから夢の終わりに、玲は『リア』という名前を我にくれた。

初めての自分だけの名前……

内心はすごく嬉しかったのじゃが、それがばれないようにツンとした態度をとってしもうた。神が人間に名前をもらって喜んでいると思われるのは、威厳的に問題があるじゃろう？

素直になれなかった代わりに、名前をもらった礼として、我も彼女のことを『レイ』と呼ぶことにした。彼女は玲であり、レイチェルであるからの。

因《ちな》みに我のいるこの白い空間では、彼女の言動は、レイチェルというよりも、玲の色合いが強い。

現実世界でも玲の記憶の影響が顕著だが、いずれどちらの世界でも『玲』と『レイチェル』が融合されて落ち着いてくるであろう。

そういえば、魔力調整のためエミリオに協力してもらうことになっていたな。思いがけず面白い展開になってきたようじゃ。

我は一人でほくそ笑んだのだった。

第二章　「逆〝ざまぁ〟」と周囲の反応

夢の中でリアに会ったことで、自分の魔力属性が突然変化した謎は解けた。

レイチェルは、ほっと胸を撫で下ろす。

（周囲に〝神様が属性を変えてくれました〟という説明をするわけにはいかないし、なぜ属性が変わったのかは、分からないままにしておこう）

無意識に他の属性を使用しないように、魔力調整が必要な状況であることは変わりない。

もっとも、光と闇属性以外の全ての属性魔力が使えるなど、信じてもらえない可能性のほうが高い。特にレイチェルが何もしなければ話が広がることはないだろう。

「さて……これから、どうしましょうか」

婚約の件については気にせず過ごすようにと言われたが、学園に行けばレイチェルは嫌でも注目される。

なんといっても、全校生徒が集まる場であんなことをされたのだ。

ゲームのイベントなので仕方のないことなのかもしれないが、レイチェルの心に、再び怒りが込み上げてきた。

（平常心……平常心……）

呪文のように自分に言い聞かせる。

（そうよ、私——というより、公爵家の名前に傷が付いたことは腹が立つけれど、婚約破棄されたことは良かったのよね！）

今のレイチェルにはアルヴィンに対する好意は皆無《かいむ》だ。

（アルヴィン様と結婚なんて無理だもの！　ヒロインに熨斗《のし》つけて差し上げるわ！　——けど、彼に王位継承者としての自覚がないままだと、この国の行く末が心配……）

アルヴィンはこの国の王になる予定である。そのことに考えが至り、レイチェルは心配になってきた。

これからの人生を平穏に過ごすためには、平和が不可欠だ。

ヒロインであるチェリーに是非ともアホ王子——もといアルヴィンを矯正《きょうせい》してもらいたいところである。……だが、果たしてチェリーにそれができるのかというのが、問題だ。

（雑誌で見たヒロイン……チェリーは、もっと正義感の強いキャラだったような。〝女性が選ぶヒロインランキング〟に名前が挙がるほど……勘違いかな）

レイチェルは、これまでチェリーに接してきた記憶を思い出す。

（珍しい光属性で、興味を持ったアホ王子が色々とちょっかい出してたよね……初めはチェリーも対応に困っていた印象があったけど、いつの間にかアホ王子のところに入《い》り浸《びた》るようになって……）

多くの乙女ゲームの主人公がそうであるみたいに、チェリーは特別だ。この世界では極めて珍しい光属性の魔術が使える。

（正にヒロインよね）

婚約者がいるにもかかわらず、他の女生徒にちょっかいを出していたアホ王子――アルヴィンの行動のほうが問題である。

当時、アルヴィンに好意を持っていたレイチェル的には、面白くない状況であった。

ただ、王族に話し掛けられて無視できる者は少ない。だから仕方なく、チェリーの対応を容認していたのだ。そして、チェリーがアルヴィンのところに入《い》り浸《びた》るようになって初めて、貴族社会の上下関係について諭《さと》した。

（特に正義感が強いといった印象はなかったんだよね……アルヴィン様が後輩に理不尽

な八つ当たりをしている時も黙って見ていたし、なんというか、アルヴィン様をはじめとする一部の男性の前ではいつも笑顔の可愛い子なのに、それ以外の方に対しては愛想があまり良くなかったような気もするし……）

そんなヒロインが〝女性が選ぶヒロインランキング〟に名前を挙げられるだろうか？

少なくとも自分なら選ばない。

（チェリーの性格がゲームと違うってこと？　そうだとしたら、アルヴィン様を成長させる役割の人間がいなくなる。アホ王子のまま彼が王様になったらまずいんじゃ……）

レイチェルの中で新たな不安が生まれた。

だが、どう対処すればいいのか分からない。

（考えてみれば、ゲーム終了後、世界がどうなるかなんて誰も分からないのよね）

悶々《もんもん》と悩んでいると、朝の支度にやってきたパティが控《ひか》えめに尋ねてきた。

「おはようございます、お嬢様。今日は……その、どうされますか？」

（ああ、そういえば今日は、登校日だった）

パーティの後高熱で二日休み、昨日は魔術協会に赴《おもむ》くために休んだため、三日ぶりの登校である。

「大丈夫よ、行くわ」

自分の行動が原因で婚約破棄をされたと思われるのは釈然《しゃくぜん》としないが、ここで屋敷に引きこもるのは負けた気がする。

無表情のため周囲を勘違いさせていたことは反省する必要がある。しかし、婚約破棄の八割くらいは、レイチェルではなくアルヴィンのせいだと思う。

気合を入れていると、パティが真剣な面持《おもも》ちで頼んできた。

「お嬢様……もし、ご迷惑でなければ、私も一緒に連れていってもらえませんか？」

学園に従者を伴《ともな》うことは別に珍しいことではないが、レイチェルはこれまでパティを学園に連れていったことはない。

レイチェルは首を傾《かし》げる。

「でも、人が多いところは苦手でしょう？　多分――というか絶対に噂の的になっているから、パティも注目されるわよ」

パティは侍女だが、大切な家族だ。レイチェルは彼女を巻き込みたくなかった。

「大丈夫です！　人ごみなど……アホ王子に対する怒りに比べれば、なんということもありません!!」

パティは「アホ王子」を強調しながら言った。大事な主を馬鹿にされて、彼女はかなり怒っているようだ。

「そ、そう……じゃあ、一緒に来てもらおうかしら……えっと、アルヴィン様のところへ怒鳴り込みに行ったら駄目よ？」

勢いに負けたレイチェルは、同行を許可する。

ただし、パティの気性を知っているため、アルヴィンのもとへ乗り込まないように一応釘を刺しておいた。


登校する生徒が多くなる時間を避けて早めに家を出たレイチェルは、普段と変わりなく学園前で馬車を降りた。

その瞬間から、痛いくらいの視線を感じる。

予想はしていたが、やはり大変居心地が悪い。

周囲の視線を気にしないようにと自分に言い聞かせながら歩いていると、突然周囲のざわめきが大きくなった。

何事かと視線を向けた先に、婚約破棄の元凶——アルヴィンがいる。彼はレイチェルに向かって歩いてくるところだった。

(なんで、この時間にいるの⁉　いつもはもっと遅いのに！)

アルヴィンを避けて、登校したつもりだったため、まさかここで遭遇するとは思っていなかった。

「ふん、あのようなことがあったのに、よく学園に来れたものだな」

レイチェルの近くまで来たアルヴィンは、馬鹿にしたように鼻で笑う。

安定の上から目線に、怒りよりも呆れが込み上げてきた。

「ご機嫌よう、ア――アルヴィン様」

ここ二日、心の中でアルヴィンをアホ王子と呼んでいたため、レイチェルは、思わず口に出してしまいそうになる。慌《あわ》てて一度小さく息を吐き、アルヴィンの目を真っ直ぐに見据《みす》えた。

「この度は婚約を破棄してくださって、ありがとうございました」

レイチェルは、今まで決して浮かべることのなかった、満面の笑みで言い放つ。

「なっ……」

レイチェルの言葉か、それとも笑顔に驚いたのか分からないが、アルヴィンが驚愕《きょうがく》の表情で固まった。

成り行きを見守っていた周囲の生徒たちも、同様に驚く。

「レイチェル様が笑った!?」

「あの『氷姫』が笑うなんて」

「有り得ない……天変地異の予兆かもしれない」

周囲の生徒たちの感想が、レイチェルの耳に入ってくる。

（私の表情が動いたことでここまで驚かれるとは……それに、天変地異の予兆ってなんなの⁉）

その反応で、前世を思い出す前のレイチェルがいかに無表情だったかを思い知った。

婚約破棄の話題など一言も出ず、レイチェルの表情ばかりが注目されている。

（私の笑顔は王子の婚約破棄騒動よりもインパクトが大きいということ？　複雑……）

「……っ、ありがとうございますとはどういう意味だ？」

しばらくしてアルヴィンがやっと我に返り、押し殺したような低い声でレイチェルに問い掛けた。

「言葉のとおりですわ」

「己《おのれ》の悪行のせいで婚約破棄されたくせに、よくそのようなことが言えるものだな」

「だって、濡《ぬ》れ衣《ぎぬ》ですもの」

「は？」

「アルヴィン様は私に『身分を笠《かさ》に着て他人を見下す』とおっしゃいましたわよね？」

「ああ、事実だろう？　チェリーに『男爵令嬢のくせに身分をわきまえろ』と言ったのは、お前だ」

　確かにレイチェルは以前、チェリーに行動を慎《つつし》むように注意したことがある。だが、そういう意図ではなかった。

「似たようなことは言いましたが、主旨が違いますわ。学生は身分に捉《とら》われないというのが、この学園の不文律ですが、それを良しとしない方々も多いので、行動に注意するように、と伝えたのです」

　どちらかといえばチェリーの身を案じたつもりだ。実際に王子や公爵令息と親密なチェリーに反感を抱《いだ》いている者は、多くいる。

「今までの私は無表情で、言葉が足りなかったので、誤解された可能性はかなりあると思いますわ。それについては反省しています。でも、アルヴィン様……まさかとは思いますが、チェリーさんの言葉だけを鵜呑《うの》みにしていらしたのですか？」

「──っ！　それは……」

　アルヴィンはレイチェルの問い掛けに言葉を詰《つ》まらせた。

　やはり、チェリーの言葉だけを信じ、事実を調べもしなかったということだろう。

　レイチェルがチェリーを虐《いじ》めた事実がないことなど、ちょっと調査すればすぐ分かることだ。

「ど、どうせ、苦し紛《まぎ》れに考えた言い訳だ！　公爵令嬢が婚約を破棄されるなんて、体《てい》裁《さい》が悪いからな!!」

目を逸《そ》らしながらアルヴィンが言う。レイチェルの言葉を聞く気はないようだ。

そんな態度にレイチェルは苛立《いらだ》ちを感じてきた。

（ここまで話を聞かない人だとは思いませんでしたわ）

その時、頭を抱えるレイチェルの背後から、怒りを含んだパティの声が聞こえてきた。

「……つまり貴方様《あなたさま》は、お嬢様を『身分を笠《かさ》に着て他人を見下す』人間だと、こうして説明申し上げてもなお、そうお考えだということですね」

パティは俯《うつむ》いているが、表情が見えなくても付き合いの長いレイチェルには、彼女が怒っているのがわかった。

（どうしよう、ものすごく怒ってるわ……）

「事実だろう。というか、お前はレイチェルの侍女だったな。突然話に割り込んでくるとは無礼な――」

「無礼ついでに言わせてもらいますが、お嬢様が他人を見下したりするなんて有り得ません!!」

アルヴィンの言葉を遮《さえぎ》りパティが言い切る。

「はんっ、お前の前ではそうかもしれないが、他のところではどうか分からないぞ。確か、お前は学園にほとんど来ていないだろう。屋敷でしか見かけたことがなかったからな。いつも一緒にいないのに、なぜ言い切れるんだ」

「――っ、お嬢様は……お嬢様は、私のような者にも慈悲《じひ》をくださる優しい方なんですよ！　何も知らないのは貴方様《あなたさま》のほうです!!」

そう言ってパティは、レイチェルが止める間もなく帽子を取った。

「な、獣の耳……？　お前、獣人だったのか!?」

帽子の下にあったのは人間とは違う形のフワフワの毛で覆《おお》われた、灰色の耳だった。

アルヴィンは目を見開く。

この国で獣人の地位は低く、平民よりも下である。以前は奴隷として売買されていたこともあった。

数年前に出された奴隷廃止法のおかげで、奴隷売買はなくなったが、獣人に対する差別が完全に消えたわけではない。

「レイチェル様が獣人を？」

「愛玩動物《あいがん》として飼っているんじゃないのか？」

「獣人が侍女をしているなんて……」

周囲の学生たちも、パティの耳を見て再び騒ぎ始める。

パティの帽子を握る手は震え、力を入れすぎて白くなっていた。

(こうなるかもしれないと予測できていたのに、私がパティの厚意に甘えてしまったせいだ……)

パティの気性を考えれば、レイチェルを馬鹿にしたアルヴィンにキレるのは間違いなかった。それを止めようとしていたはずなのに、普段決して他人に見せることのない耳を、大衆の目に自《みずか》ら晒《さら》させてしまうなんて。

レイチェルは、そんな状況にパティを追い込んだ自分を悔《く》いた。

「パティ、私のために怒ってくれてありがとう。無理しなくて良いのよ……ごめんなさい」

声を掛けるが、パティはなおも震えていた。

彼女には、奴隷として売られそうになった過去がある。その時売人から受けた躾《しつけ》という名の暴力や、蔑《さげす》むような視線がトラウマとなっているのだ。

レイチェルについて学園に来ることがほとんどないのは、そのせいだった。

レイチェルはパティの肩に手を置き後ろに下がらせようとする。その時アルヴィンが、ボソッと呟《つぶや》いた。

「ふんっ、獣人の分際《ぶんざい》で……」

その言葉を聞いた瞬間、レイチェルの堪忍袋の緒が盛大にブチンと切れる。

（こんな人……クズ王子で十分だわ！）

「『獣人の分際《ぶんざい》』？　アルヴィン様、その言葉こそ、他者を見下す発言ではありませんの？　それとも獣人を同じ人間だと思っていらっしゃらないのですか？」

パティを背後に庇《かば》い、レイチェルはアルヴィンに問いただす。

「そ、それはっ」

レイチェルの眼力に圧倒されたアルヴィンは口ごもった。

二人は睨《にら》み合う。

普段なら登校時間特有の賑やかさで満ちる場所が、シーンと静まりかえっていた。

「これは、なんの騒ぎですの？」

そんな緊張感漂《ただよ》う中、突然金髪美少女が現れる。

「アリエル……」

「お兄様、もうすぐ予鈴がなりますわよ。今日は日直だから早めに行く、とおっしゃっていませんでしたか？」

「そうだ、日直……日直の仕事があるから、俺は行く」

そう言い残してアルヴィンは、逃げるように校舎へ向かった。

「皆さんも、そろそろ教室に向かったほうがよろしくてよ」

少女の声で、集まっていた野次馬たちが散らばっていく。まさに鶴の一声である。

予鈴間近ということもあり、その場に残ったのは彼女とレイチェル、パティだけだった。

レイチェルはスカートの裾を摘《つま》み、彼女——第一王女のアリエル・ランドールの前で腰を下とす。

「ご機嫌麗《うるわ》しゅう、アリエル様」

「あまりご機嫌麗《うるわ》しい状況ではないですわね……朝っぱらから、このような騒ぎを見せられて」

アリエルは眉間にしわを寄せて言う。それでも可愛さは全く損なわれないのだから、流石《さすが》である。

「申し訳ありま——」

「ああ、レイチェル様のせいではないですわ。あのアホでどうしようもない兄のせいですもの！」

レイチェルの謝罪を遮《さえぎ》り、アリエルは溜息《ためいき》をつく。

「それよりも、パティでしたかしら？　顔色がとても悪いわ。控《ひか》え室で休ませてあげたほうが良いのではなくて？」

アリエルの言葉どおり、パティの顔は蒼白だった。立っているのがやっとといった感じだ。

因《ちな》みに控《ひか》え室とは、学園に同行する侍女や従者が主人を待つ部屋である。

「パティ、大丈夫？」

「お嬢様……」

心に打撃を受け、パティは気力を使い果たしてしまったのだろう。

怒りに任せて行動していた時は気付かなかったものの、今になって、王族相手にやらかしてしまったことや、過去のトラウマを自覚したに違いない。

「すみません……私、我慢できなくって」

「私がアルヴィン様を挑発してしまったせいよ。あなたは悪くないわ」

パティには『アルヴィン様のところへ怒鳴り込みに行ったら駄目よ？』と諭《さと》していたにもかかわらず、彼の態度に呆れて挑発してしまったのはレイチェルだ。

すみませんと繰り返すパティの頭を、なだめるように撫でる。フワフワの獣の耳がシュンと伏せっていた。

「さあ、控《ひか》え室に行きますわよ」

二人を促《うなが》すようにアリエルが声を掛けてくる。

「あの、アリエル様は教室に行かなくてもよろしいのですか？」

一緒に控《ひか》え室へ行く気満々な気配に、レイチェルは控《ひか》えめに尋ねた。

「私のクラスは一限目は自習なので、大丈夫ですわ」

有無を言わせぬ可愛い笑顔で言われてしまい、レイチェルは「私たちのことは気にせず、どうぞ教室へ」と言えなくなった。


アリエルに先導されて向かったのは、王族が使用する控《ひか》え室だった。

「アリエル様……私たちがこちらを使用するのは……」

「人払いしているから大丈夫よ。ここなら静かでゆっくりできるでしょう。私、レイチェル様と少しお話しがしたかったの……駄目？」

首を傾《かし》げ、上目遣いでアリエルがレイチェルに尋ねる。

（くっ……これが小悪魔というものなのね）

「いえ、ありがとうございます」

アリエルに可愛らしく尋ねられ、レイチェルは断ることができなかった。

それに、普通の貴族が使用する控《ひか》え室には、他の使用人も沢山《たくさん》いる。パティがゆっくり休めないのは事実なので、アリエルの厚意に甘えることにしたのだ。

「パティは奥のソファで休むと良いわ。レイチェル様はこちらの椅子にどうぞ」

「お嬢様を差し置いて、侍女の私が横になるわけには！」と渋るパティを説きふせ、ソファに寝かせた後、レイチェルはアリエルの向かいの椅子に腰掛けた。

テーブルの上にはお菓子と紅茶が用意されている。アリエルの侍女が準備してくれたのだろう。

「レイチェル様……まずは兄が迷惑を掛けたことを謝罪いたしますわ。常々アホな兄だと思っておりましたが、あそこまでだとは思っておりませんでしたの」

曇《くも》った表情で、アリエルはレイチェルに謝罪した。

「そんな！　アリエル様のせいではないのですから、謝らないでください!!」

レイチェルは頭を下げようとするアリエルを慌《あわ》てて制する。

婚約破棄も今朝の件も、アリエルに非は全くない。

当事者であるアルヴィンからの謝罪は一つもないが、その兄と妹が謝るというのは、おかしな話だ。

「私の態度というか……無表情が原因の一つなので」

レイチェルは、先程「有り得ない」と周囲の生徒がざわめいていたことを思い出す。

「確かにレイチェル様は近寄り難い雰囲気ですけど……いえ、そういえば、なんだか急に表情が豊かになりましたわね。なぜですの？」

「ええ、まあ……今回の件で思うところがありまして」

前世を思い出したとは言えず、レイチェルは言葉を濁《にご》した。

「そうですの。私は、今のレイチェル様のほうが話しやすくて好きですわ。それにしても、特定の生徒の話だけを信じて、王家にとっても大切な婚約を破棄するだなんて、兄は浅はかにも程《ほど》がありますわね。レイチェル様は誤解されやすいとおっしゃいましたが、きちんとお付き合いをしていれば根拠なくどなたかを見下す方でないことは明白ですのに」

「アリエル様……」

アリエルとは今まで親密に話したことはなかったが、そのように思っていてくれたのだとレイチェルは感動した。

「奴隷廃止法は、レイチェル様が宰相を説得して立案させたものですわよね」

「私が説得しただなんて……元々お父様も奴隷売買については、どうにかしなければとお考えだったようでしたし、私はただ、お願いしただけですわ。たまたまお願いを叶えてもらえる環境があっただけで、私個人が何かしたわけではありません」

レイチェルは、パティと出会って初めて奴隷という存在を知った。そして、知ってしまったら見過ごせなかったのだ。

「でも、兄でしたら、思い付きもしないでしょう」

身内以外に自分を理解してもらえ、レイチェルは嬉しかった。

「レイチェル様にはもっと良い方と出会っていただきたいですね……今はもう兄に恋愛感情なんて抱《いだ》いていませんわよね？」

「欠片《かけら》ほどもありませんわ！」

アルヴィンを慕《した》う気持ちはとっくに砕け散っていた。

「そうですわよね。それなら婚約破棄の手続きが早く進むように、私からも父に話をしておきますわ」

アリエルの言葉にレイチェルは首を傾《かし》げた。

（あら？　婚約破棄の手続きは既《すで》に済んでいると思っていたけれど。お父様も気にせずに過ごすようにとおっしゃっていたし）

「手続き、進んでいないのですか？　私はてっきり完了しているものだと思っておりました」

「宰相からは再三要請されているようですが、父が渋っていますのよ。『どう考えてもお前が悪いのだから、今からでも謝って取り消してもらえ』と兄を説得しているのを聞きましたわ。まあ、さっき会ったのでお分かりでしょうが、兄は全く聞く耳を持っていないんですけれど」

アリエルの言葉で、レイチェルの頭に疑問が一つ浮かんだ。

「あの、アリエル様に伺うのはどうかと思うのですが、なぜ王様は私とアルヴィン様をそれほど結婚させたいと思っていらっしゃるのでしょうか？　私はてっきり王族との結びつきを強くするために、わたくしどものほうからお願いした婚約なのだと思っていたのですが……」

属性変化のせいで有耶無耶《うやむや》になっていたが、そういえばリアムも『王が是非にと望んだ』と言っていた。

どうもレイチェルの認識に間違いがあるようだ。

「あら、知らなかったんですの？　レイチェル様は水属性ですわよね。今の王家には水属性の者がおりませんの。父は属性を揃えることで王家の力を強めようと考えて、家柄と年齢もちょうど良いレイチェル様に白羽の矢を立てたみたいですわ。一昨日《おととい》、自棄《やけ》酒《ざけ》して酔った父に聞きましたのよ。『宰相がなかなか首を縦に振らなくて大変だったのに……あのアホのせいで台なしだ』と嘆《なげ》いておりました」

そのような理由だとは、レイチェルは全く知らなかった。

「まあ、父が拘《こだわ》っていただけですし……チェリー・コーリッシュさんの魔力は珍しい光属性ですから、そのうち父も諦めるでしょう」

アリエルはにっこりと笑う。

「個人的にはレイチェル様をお義姉様《ねえさま》とお呼びしたかった気持ちはありますが……」

少し寂しげに付け足された台詞《せりふ》に、レイチェルの胸がキュンとした。

（リア様にしろ、アリエル様にしろ、美少女のデレは破壊力抜群だわ！）

「ありがとうございます。私にはもったいないお言葉ですわ」

「是非、お義姉様《ねえさま》と呼んでください」という言葉を呑み込んで、レイチェルはアリエルに頭を下げる。

「それにしても、兄には困りましたわね。このままでは王になるのは無理だと思うのですが……」

「ああ……」

レイチェルも今朝のアルヴィンの様子を思い出し、声が低くなる。

『身分を笠《かさ》に着て他人を見下す奴は、王家に相応《ふさわ》しくない』とレイチェルに言ったのと同じ口で、他人《パティ》を見下す発言をしたアルヴィンに頭が痛くなった。

リアムに連絡後、しばらくしてやってきた従者にパティを託《たく》し、アリエルと雑談をしていると、あっという間に一限目が終了する。

レイチェルはアリエルと別れ、教室へ向かう。

予想どおり注目されたが、「公衆の面前で王子に婚約破棄された」と噂されているのではなく、「レイチェル様が無表情ではない」と言われているようだ。

レイチェルは複雑な心持ちとなる。

（珍獣にでもなったみたい……でも、不名誉な噂をされるよりは、何倍も良いわね）

レイチェルを見る周囲の目が変わったのは明らかだった。

＊＊＊＊

その夜、レイチェルはタイミングよく夢の中でリアに会った。

「リア様、この前会った時に、後悔しないように生きよと言っていたから、将来のことを真剣に考えてみたの」

公爵令嬢という立場上、制限も多いが、レイチェルにはやりたいことが沢山《たくさん》ある。

「ほう？　それで、おぬしはこれからどう生きたいのじゃ？」

「色々としたいことはあるのだけど、とりあえず平穏に過ごせるのが一番だと思う。でも……」

そこで言葉を濁《にご》す。

「何か心配なことがありそうな口ぶりじゃのぅ」

そう、平穏に過ごすために解決しておかなければならないことに、レイチェルは気付いていた。

それはアルヴィンに王族としての自覚を持ってもらうことだ。

今のままのアルヴィンが王位を継げば、確実に国が傾《かたむ》く。その時になって、レイチェルが悪くなかったことが周囲に認められても遅いのだ。

早急な〝逆ざまぁ〟が必要である。

「うん……アルヴィン様を変えないと、この国の将来が危ないかなって。私が言っても変わらないのかもしれないけれど、昔の私とは違うし、少しは響いてくれるかもしれない。そのためにアルヴィン様やヒロインのチェリーさんと、ちゃんと話をしてみようと思う。それがきっと、〝逆ざまぁ〟にも繋がるから……」

今朝のやり取りでレイチェルが昔と変わったことは、アルヴィンも気付いているだろう。

あの時はレイチェルも冷静ではなかったため衝突してしまったが、こちらの思いをきちんと伝えてみようと考えている。

それにチェリーがアルヴィンをどう思っているのかも知りたかった。

今まであまりかかわりがなく、彼女の人物像をよく把握《はあく》できていない。そのあたりもはっきりさせたいとも思っている。

「そうか。確かにあの王子が変わらねば、国の将来が心配じゃな……原作では、あそこまで愚《おろ》か者ではなかった気もするしのぅ……まぁ、頑張れ」

レイチェルは原作のアルヴィンを知らないが、雑誌に掲載されていたアルヴィンのテーマは『王族としての成長』だった。ヒロインと交流することで王族として成長するのであろうが、今のアルヴィンは昔と変わっているように見えない。

その原因を探《さぐ》れば、成長させるきっかけになるかもしれないとレイチェルは考えた。

＊＊＊＊＊

さて、レイチェルを取り巻く環境は、今までと全く変わった。

なぜだか、やたらと男子生徒に声を掛けられるのである。

「レイチェル様、学食に新しいカフェメニューがあるそうなのですが、一緒に行きませんか?」

「まぁ、そうなのですか？　でも、これから用事がありますので、また機会がありましたら……」

（新しいカフェメニューはすごく魅力的で興味もあるけど、よく知らない男性と行くのは、遠慮したいわ）

「妹が大変お世話になったそうで……お礼に今度、観劇へお誘いいたします」

「お礼だなんて、大したことはしておりませんので、お気になさらず」

（本当に何もしていないんだけど。妹さんって、確か隣のクラスのモニカさんよね……彼女が落としたハンカチを拾っただけで、それ以外に話したことなんてなかったはず）

周りの生徒から親しげに話し掛けられるのは嬉しいが、今までとの差が激しすぎて、レイチェルは戸惑《とまど》ってしまう。

純粋に親睦《しんぼく》を深めようとしている生徒は良い。「レイチェル様とお話ししてみたかったのです」と言われて嬉しくないわけがない。

しかし、公爵令嬢とお近づきになりたいからと寄ってくる生徒が多いのも事実だ。

これまでこのような露骨な誘いはなかったのだが、それはレイチェルがアルヴィンの婚約者であったためかもしれない。そういう意味では感謝している。

そして、その肝心のアルヴィンが捕まらない。

今後のために一度きちんと話をしておきたいのに、避けられているのか、全く姿を見ることがないのだ。

学園には来ているようなので、放課後こっそりと教室を覗きに行ったが不在だった。

アルヴィンが戻ってこないか廊下の隅でしばらく待っていたが、戻ってくる様子はない。

(仕方ないわね、また出直そう……)

いつまでも他人の教室前にいると変な注目を集めそうなので、レイチェルは早々に諦めた。

ところが、階段を下りようとするレイチェルに声を掛ける人物がいる。

「レイチェル様、少しお時間よろしいでしょうか」

「……ええ。なんでしょうか?」

見知らぬ女性徒だったが、敵意は全く感じない。レイチェルは足を止めた。

女生徒は興奮した面持《おもも》ちで、口を開く。

「あの……レイチェル様に起こった変化は、きっと神様がもたらした奇跡だと思いますの……それで、その、『神の泉《いずみ》会』に入会し、一緒に神様を崇《あが》めませんか!」

レイチェルは足を止めたことを激しく後悔した。

(『神の泉会』って何!?)

確かにゲームの神であるリアが青山玲の魂《たましい》を転生させ今のレイチェルがいるのだから、「神様がもたらした奇跡」というのは強《あなが》ち間違いではない。

しかし、怪《あや》しい宗教の勧誘を受けている気がしてならなかった。

レイチェルの魔力が複数属性になったことは伏せているので、彼女が言う変化とは、無表情でなくなり以前より社交的になったことくらいだ。

(私が無表情でなくなったのは、神を崇《あが》めるレベルの変化なの!?)

悪意のある人間の誘いなら冷たく突き放せるが、彼女には全く悪意がなかったので、断るのが大変だった。

心の中でツッコミを入れながら、なんとか怪《あや》しげな勧誘を断り、レイチェルは西棟にある図書室に逃げ込んだ。

西棟は空き部屋が多く、本館に比べると閑散《かんさん》としている。確か文化系の部室がいくつかあるはずだが、人の気配はしない。

逃げ込んだ図書室もひっそりと静かだった。

レイチェルが学園の図書室を訪れるのは、初めてだ。

今まで授業が終わるとすぐに屋敷に戻っていたし、部活にも入っていないため、授業以外の目的で西棟自体に来たことがない。

(そういえば、学園の図書室にも良い本が沢山《たくさん》あるとエミリオ様がおっしゃってたわね……)

いずれ行ってみようと思っていたが、意図しない形で訪れてしまった。

レイチェルは入り口から死角になる椅子を選び座る。そして誰もいないのを良いことに、机に突っ伏すと、大きく息を吐き出した。

(疲れたわ……)

冷たい人間と誤解されたままでいるよりはいいが、下心満載の相手に愛想笑いで対応するのは少々つらい。怪《あや》しい勧誘も、どう反応すれば良いのか困る。

(あんなふうに婚約破棄された令嬢に近付こうと考える人間はいない、と思っていたのに……)

レイチェルはもう一度、大きく息を吐く。

すると、カラカラッという音が聞こえた。

図書室の扉が開き、誰かが入ってくる気配がする。

机に突っ伏している姿を見られるのは恥ずかしいので、レイチェルは慌《あわ》てて姿勢を正した。

「ああ、レイチェル様、奇遇ですね。こんなところでお会いするなんて」

入ってきたのは、先刻カフェに誘ってきた男子生徒だ。

「え……ええ、そうですわね」

（本当に偶然？　いやいや、人を疑うのは良くないよね）

レイチェルは引きつった笑みを浮かべる。

「ここにいるということは、先程おっしゃっていた用事は終わったんですよね？　今から一緒に紅茶でもいかがですか？　レイチェル様も、機会があればとおっしゃっていましたよね」

確かにそう言ったが、レイチェル的には完全に社交辞令だ。

「本を借りたら、すぐに屋敷へ戻らなければなりませんので……すみませ――」

「そう言わずに。少しだけなら大丈夫でしょう？」

断ろうとする声を遮《さえぎ》り、男子生徒はレイチェルの手首を掴むと、さらに詰《つ》め寄ってくる。

「――っ、離してください！」

（なんなの？　しつこいっ!!）

レイチェルは身を捩《よじ》り距離を取ろうとするが、手首を掴まれているので上手《うま》く動けない。当然、魔術を使うこともできなかった。

こちらの話を全く聞こうとしない男子生徒の態度に、嫌悪感を募《つの》らせる。

「無理強《むりじ》いは良くありませんよ」

突然、第三者の声が、静かな図書室に響く。

入り口から誰かが入ってきた気配はない。声の主は最初から奥にいたのだろう。

その声はレイチェルの知っている人物のものだった。

「エミリオ様！」

「なっ……エミリオ王子……」

男子生徒は声の主がエミリオだと分かると急に青ざめ、レイチェルから手を離して後ずさった。

「確か貴方《あなた》は……ディック・ランサムさんでしたね」

「ひっ、どうして名前を——レイチェル様、自分は用事を思い出したので、失礼します！」

エミリオが名前を呼ぶと、男子生徒は引きつったような悲鳴を上げ、脱兎《だっと》の如《ごと》く図書室から出ていく。

「なんだったのでしょう、あの方は……とても失礼でしたわ」

走り去る男子生徒を呆然と眺《なが》めながらレイチェルは呟《つぶや》いた。

こちらの話を全く聞こうとせず、無理やり迫ってきたこともだが、それよりもエミリオに対する態度がとても不愉快だ。

けれど、エミリオは気にしていないらしい。

「レイチェルさん、大丈夫ですか？」

穏やかに声を掛けられ、レイチェルはハッと我に返った。

「あっ、はい。エミリオ様、助けてくださり、ありがとうございました」

「いえ……そんなに擦《こす》ると赤くなってしまいますよ」

エミリオの言葉に、自分が男子生徒に掴まれていた手首を、制服の袖で擦《さす》っていることに気が付く。

「え？　あ……」

袖を離すと、白い肌が少し赤く染まっていた。

「赤くなっていますね。痛くはありませんか？」

「はい、大丈夫です」

痛くはないが、掴まれた時の嫌悪感はまだかすかに残っている。

「その……エミリオ様は大丈夫ですか？」

名前を呼んだだけで、あのような態度をされたのだ。平気なのか尋ねること自体、失礼な気もしたが、レイチェルは聞かずにいられなかった。

「ええ、皆さん闇属性の力が怖いのでしょう。ああいった反応は日常茶飯事《にちじょうさはんじ》なので、慣れていますよ。あまり人が来ない場所なので、ここにいたのですが……」

そう言うエミリオの瞳には諦観《ていかん》の色が浮かんでいた。その姿が、魔術協会の図書館で見た寂しげな表情と重なる。

「――っ、慣れただなんて、言わないでください！」

怯《おび》えられることに慣れるなんて悲しすぎる。

レイチェルは思わず大きな声を出していた。

「……どうして、貴女《あなた》が泣きそうな顔をしているのですか？」

エミリオが不思議そうに尋ねる。

「だって……」

闇属性が世間からどう見られているか、レイチェルは理解していた。彼女自身、前世を思い出す前は、心の底で畏怖《いふ》を感じていたのだ。

しかし今は、その理不尽さに言い様のない怒りと悲しみを感じている。

何よりエミリオ自身が、畏《おそ》れられることが当たり前なのだと受け入れてしまっていることが悲しい。

「私は……恵まれているのですよ。闇属性の者が極端に少ないのは、珍しい属性だからということもありますが、生まれても生きられないせいです。生きているだけでも、幸せなことなんです」

レイチェルが知る限り、現在この国に闇属性の者はエミリオしかいない。

光属性よりもさらに珍しい属性なのは確かであるが、それにしても少なすぎる。その理由は少し考えれば分かることだった。

生まれてきた子どもが闇属性だった時、親が庇護《ひご》するはずのその子を葬《ほうむ》ってしまうのだ。

「両親は弟妹《ていまい》と分け隔《へだ》てなく私を愛してくれています。それに、私自身を見てくれる人もちゃんといます」

一旦言葉を切ると、エミリオはレイチェルの赤くなった手首にそっと触れた。

「貴女《あなた》は……私に触れられるのは、嫌ですか？」

どこか不安そうにエミリオがレイチェルに尋ねる。

「いいえ、嫌じゃありませんわ」

レイチェルは即答した。

「ありがとうございます……大勢の人に怯《おび》えられたとしても、貴女《あなた》のように受け入れてくれる人がいるだけで、私は十分に幸せです」

ほっとしたようにエミリオが微笑《ほほえ》む。

「――っ」

その笑顔を見て、レイチェルは胸が締め付けられるような、謎の動悸《どうき》に襲われた。

(そんな笑顔をするなんて反則だわ)

「エ、エミリオ様は、無欲すぎますわ！」

急に恥ずかしくなったレイチェルは、エミリオから目を逸《そ》らす。出てきた言葉も可愛げのないものだ。

そんなレイチェルの様子を、エミリオは優しい笑顔で見てくれた。


翌々日の午後。

「すみませんでした！」

レイチェルの目の前には、勢い良く頭を下げる少女がいた。

(……綺麗な髪ね)

レイチェルは薄桃色《うすももいろ》のその後頭部を見ながら、若干現実逃避する。

目の前で頭を下げている少女の名は、チェリー・コーリッシュ。この乙女ゲームの主人公で、アルヴィンの心を射止め恋人の座を得た少女だ。

チェリーはなぜ突然、レイチェルに頭を下げているのか……彼女と一度きちんと話をしてみたいと思っていたレイチェルではあるが、事《こと》の展開についていけずにいた。

公爵令嬢にお近づきになろうという下心満載な生徒や怪《あや》しい宗教的勧誘は、エミリオが何か対応してくれたようで、少なくなっている。

先日しつこく迫ってきたディック・ランサムという男子生徒に至っては、偶然廊下で遭遇した時に顔を強張《こわば》らせて足早に去っていったくらいだ。

それはそれで失礼極まりないが、あまりお近づきになりたくないので、レイチェルは良しとしている。

そのような感じで、静かな放課後を迎えたはずだったのに……

数分前、レイチェルが帰る支度をしていると、窓のほうから視線を感じた。

そっとそちらに視線を向けると、チェリーが教室内を窺《うかが》っている。

顔は見えないが、特徴的な薄桃色《うすももいろ》の髪で分かった。

（私に用事でもあるのかな……？　いや、他の人に用事かもしれないし、今声を掛けるのはやめておこう）

彼女はアルヴィン王子を巡る一連の騒動の関係者だ。当事者二人が揃えば周囲から色々と詮索される。

まだ教室に沢山《たくさん》の生徒が残っているため迂闊《うかつ》な行動は控《ひか》えたほうが良い、とレイチェルは判断した。

けれど、どうしても気になる。

（どうしよう？　ちょっと待ってみようか）

少し迷った後、レイチェルは鞄《かばん》に仕舞おうとしていた本を開き読み始めた。

他の生徒が帰り、レイチェルしかいなくなってもまだチェリーがこちらを窺《うかが》っているようであれば、自分に用があるのだと分かる。

「あら？　レイチェル様は、まだお帰りにならないのですか？」

「ええ、読みかけている本があるので、キリの良いところまで読んでから帰ることにしますわ」

話し掛けてくるクラスメイトに笑顔でそう返す。

二十分ほどすると他の生徒は帰宅し、教室にはレイチェル一人だけとなった。

（さて、チェリーさんはまだいるのかな……）

レイチェルが視線のみを窓に向けると、薄桃色《うすももいろ》の髪がチラリと見える。

（まだいるということは、やはり私に用事があるということで良いよね）

レイチェルは本を鞄《かばん》に仕舞うと、そっとチェリーに近付いた。

彼女は壁に背を預け、ブツブツと呟《つぶや》いている。

「どうしよう……勢いで来てしまったけど、なんて声を掛けたら良いのかな？　レイチェル様にしてみれば私って、婚約者を奪った恋敵だし……自業自得だけど、前みたいに無表情で一瞥《いちべつ》されたら心が折れそう……でも、前と違ってレイチェル様、優しそうな雰囲気だし、大丈夫かな……ああ、でも、私には冷たいかもしれない……」

内容が丸聞こえだ。

どうやらレイチェルが近くに来たことには気が付いていないようである。

「私に何かご用ですか？」

「――っ、わひゃっ!?」

声を掛けると、謎の叫び声を出しチェリーはビクリと飛び上がった。

「レ、レイチェル様！　あの……えっと、あわわわっ」

驚くくらい挙動不審となっている。

「コーリッシュさん、落ち着いて」

「はいっ」

「ええっと、何か私に用事があるのかしら？　そんなところにいないで、中に入ってきたらよろしいのに……」

「はいっ、すみません！」

『無表情で一瞥《いちべつ》されたら……』と呟《つぶや》いていたので、一応笑顔で対応したレイチェルだったが、なぜか謝られてしまった。

そして、チェリーは走り去る。

呆気にとられたものの、机に戻り、もう一度本を広げて待つことにする。

すると数分後に、廊下からパタパタと走る足音が聞こえてきた。

その足音は教室の前で止まる。一拍し「し、失礼します」と小さな声で言いながら、チェリーが扉を開けて入ってきた。

そして、レイチェルの前で勢い良く頭を下げたのだ。

（――これは……『貴女《あなた》の婚約者を奪ってごめんなさい』ということなのかな）

チェリーのやったことは良いことではないが、レイチェルは不愉快だとは思っていない。寧《むし》ろ『奪ってくれてありがとう！』という心境だ。

それに、チェリーの様子にも違和感がある。

事《こと》の発端は、彼女がレイチェルに見下されたとアルヴィンに言ったらしいこと。けれどそれは、当時のレイチェルが無表情でコミュニケーション能力が低かったため、勘違いされた可能性が高い。

前世を思い出した直後は『見下すつもりなんてなかったのに、そんな勘違いをされるなんて……』という気持ちが大きかったが、今は勘違いさせた自分も悪いのだと考えるようになった。

笑顔を見せた時の周囲の反応を見て、これまでのレイチェルがどれだけ無表情だったのか自覚せざるを得なかったのだ。

レイチェルは、チェリーに対しては両者同罪であると勝手に思っている。

チェリーの言葉だけを信じて事《こと》を大きくしたアルヴィン《アホ王子》が悪いのだ。

「あ……あのっ、レイチェル様が私のためを考えて助言してくれていたのかもしれないって、思ったんです。でも、あの頃は……レイチェル様は『悪役令嬢』っていう印象が強くて……近付くと緊張してしまって……」

どうやらチェリーは、『貴女《あなた》の婚約者を奪ってごめんなさい』ではなく、以前レイチェルが彼女に言った言葉の意図に気が付き、謝罪に訪れたようだ。

しかしレイチェルは、そんなことよりも、チェリーの発したある単語が気になって仕方がなかった。

チェリーは『悪役令嬢』と言った。

「……もしかしてコーリッシュさん、……転生者ですか」

レイチェルは、この世界にない言葉をチェリーが口にしたことで確信していたが、念を押すように尋ねる。

「ふぇっ!?　どうして……」

チェリーはレイチェルの質問に驚いて固まる。

「今、私のことを『悪役令嬢』と言ったでしょう?」

「は、はい……?」

チェリーは頷くが、なぜ『悪役令嬢』と言ったことで転生者と分かったのか、理解できていないようだ。

『悪役令嬢』はゲーム内の役割。ここがゲームの世界と知らなければ、出てくるはずのない単語である。

「この世界がゲームの世界だと知らない人たちにとっては、私はただの公爵令嬢ですもの。……私が『悪役令嬢』だと知っているということは、ここがゲームの世界だと知っているということでしょう?」

「あっ、そう、そうですよね……あれ?　ということは、レイチェル様も転生者……なのですか?」

チェリーは自信なさげに尋ねる。

レイチェルの説明は、自分が転生者であると言っているようなものだ。チェリーが転生者だと分かった今、レイチェルは自分の前世を隠すつもりがなかった。

「ええ。私、前世の記憶がありますの。貴女《あなた》と同じ転生者ですわ」

「……レイチェル様も転生者……」

チェリーが目に見えてホッとした表情になる。

見知らぬ土地で同郷の人に会った時の感覚といったら良いのだろうか。レイチェルもチェリーが転生者だと分かり、一気に彼女に対して親近感が湧いた。

「私、コーリッシュさんと一度きちんと話をしてみたいと思っていましたの……場所を移してゆっくり話をしませんか？」

他の生徒は帰宅し教室内にはレイチェルとチェリーだけであったが、いつ誰が戻ってくるかもしれない。

「は、はい。よろしくお願いします」

レイチェルは鞄《かばん》を持つと、まだ緊張の色が窺《うかが》えるチェリーを促《うなが》して教室を出た。

場所を移してと言ったものの、レイチェルは今まで授業が終わったらすぐに帰宅していたため、良い場所が思い浮かばなかった。唯一、行ったことのある図書室は、エミリオに会う可能性があるため避けたい。

レイチェルは、廊下の途中で立ち止まってしまった。

すると、チェリーが「あの……良い場所があります」と言い、校舎裏にある小さな庭園に案内してくれる。

確かに人気《ひとけ》がなく、静かな場所だ。

「まぁ、こんな場所があるとは知りませんでしたわ」

小さいといっても教室ほどの広さがあり、手入れも行き届いている。

「その……たまに一人になりたい時など、ここへ来るんです」

チェリーにとっての憩《いこ》いの場所ということらしい。

二人は庭園の隅に設置されているベンチに腰掛けた。

「……」

「……」

流れる沈黙。

どこからか、ピチチチッと鳥の鳴き声が聞こえてきた。

チェリーがチラチラとレイチェルを窺《うかが》い、言葉を発しようとしている気配はあるが、しばらくしても何も言わない。

仕方なく、レイチェルのほうから話し掛けることにした。

「――コーリッシュさんは、いつ前世を思い出したのですか?」

レイチェルの言葉に、チェリーが一瞬肩を震わせる。彼女の緊張がレイチェルにも伝わってきた。

「あ……えっと……一年前、この学園に転入した時に、思い出しました」

それからチェリーは、所々つっかえながら、これまでについて語り始めた。

＊＊＊＊＊

チェリーは元々このセレスティノ学園ではなく、王都の外れにあるマリアノ学院に通っていたのだそうだ。

セレスティノ学園は高位貴族が通うだけあって、学費がかなり高く、入学にはしかるべき人物の口利きも必要だった。入学金を用意するだけでも家がポンと買えるくらいだ。

そんなセレスティノ学園に子女を入学させることは貴族のステータスの一つだが、コーリッシュ男爵家はかろうじて爵位があるだけの貧乏貴族である。

チェリーの父親はセレスティノ学園へ娘を入学させることを諦め、平民や下位貴族が通うマリアノ学院へ、泣く泣く入れたという。

そんなチェリーがなぜ、セレスティノ学園に転入することになったのか――

ある日、コーリッシュ男爵家にセレスティノ学園から一通の封書が届いた。内容は、チェリーを特別奨学生《しょうがくせい》として受け入れたいというものだ。

この世界の学校授業には、魔力の属性別授業というものがある。

当然、マリアノ学院にもあるが、セレスティノ学園のものに比べるとレベルに雲泥《うんでい》の差があった。特に光属性は珍しく、マリアノ学院には教えられる教員がいない。

そこで、マリアノ学院がセレスティノ学園に相談し、チェリーを特別奨学生《しょうがくせい》としてはどうかということになったのだ。

チェリーとしては、通いなれたマリアノ学院のほうが良かったが、喜ぶ両親に「行きたくない」とは言えなかった。

そして一年前、チェリーはセレスティノ学園に転入したのだ。

学園を訪れるのは初めてのはずだったが、チェリーは校舎を見て既視感を覚える。疑問に思いつつも、高位貴族だらけの環境に緊張し、その時はそれどころではなかった。

けれど、その夜チェリーは夢を見た――前世の記憶を思い出したのだ。

「びっくりしました。まさか自分が乙女ゲームの世界に転生するなんて……しかも、受験が終わったらお姉ちゃんに借りる予定で楽しみにしてたゲームだったたんです」

チェリーも玲と同じ日本人で、原作のゲームをプレイしたことはないそうだ。

しかし、雑誌での情報しか知らないレイチェルと違い、姉がプレイしているのを見ていたチェリーは、大まかなイベントなどは知っていた。特にアルヴィンが好きで、彼のスチルがあるシーンは、姉にせがんで何度も見せてもらっていたらしい。

「初めは転生したことが嬉しかったんです……でも私、人見知りが激しくて……ゲームのヒロインは、もっと積極性があって、皆に好かれるキャラなのに……」

そう話すチェリーの目に涙が浮かぶ。

「でも、せっかく転生したんだから……頑張ってみようって、一番好きだったアルヴィン様のイベントを思い出しながら、毎日を送っていったんです」

人見知りが激しい彼女は、攻略対象者にかかわるだけで精一杯だった。

レイチェルがチェリーを〝一部の人以外には愛想がない〟と感じていたのは、こうした理由のようだ。

とにかく、チェリーは前世の記憶を思い出しながらアルヴィンとの親密度を高めていった。

ただ、原作どおりの〝正義感のある、優しい少女〟を演じることは難しい。

アルヴィンが使用人に無理難題を要求しているのを聞いた時も、授業をサボっているのを知った時も、『それはちょっと……』と思ったが、意見することができなかった。

それでも、シナリオを外れることなく悪役令嬢《レイチェル》の婚約破棄にたどり着《つ》いてしまったのだ。

ゲームではここでエンディングを迎え〝そして王子と幸せに過ごしました〟となるが、実際は違う。

当たり前だが、エンディングの後も続く――その時になって、ここがゲームではないことを、チェリーは思い出した。

ここが自分にとっての現実であることは理解しているはずだったのに、いつの間にか自分を含めて〝ゲームの中の人〟という気持ちが強くなっていた。

それを自覚したチェリーは、今の状況が大変マズイことにも気が付く。

アルヴィンルートのエンディング――悪役令嬢《レイチェル》との婚約を解消したアルヴィンは、「次期王として、この国の民が誇れる王になる」と宣言するのだ。

一番好きなシーンで、何度も見せてもらったのでチェリーはしっかり覚えている。

しかし、実際にはアルヴィンからそのような台詞《せりふ》は出なかった。それに、今のアルヴィンがそれを言うとも思えない。

このままのアルヴィンが王位に就《つ》いたら、この国はどうなってしまうのか。

チェリーは血の気が引いた。自分がヒロインとしてアルヴィンを導かなければいけなかったのに、それができていなかったのだ。

(どうしたら良いの……)

今からでもアルヴィンに王族としての自覚を持つよう諭《さと》すしかないのだが、それができなかったから今に至っているのである。

悩みに悩んだ結果、思い出したのがレイチェルだ。

『悪役令嬢』という先入観から、怖い人だと信じていたが、よくよく思い出せば何もされていない。

(身分をわきまえて行動するようにと言われたのは「男爵令嬢のくせに生意気」ということだと思っていたけど……あれは、周りを見て行動するようにって注意してくれたのかな……)

あのパーティの数日後に聞いたアルヴィンとレイチェルの会話を思い出しながら、チェリーは考える。

アルヴィンの『獣人の分際《ぶんざい》で』という発言に対して、レイチェルの態度は身分の低い者を軽んじているようには見えなかった。

(レイチェル様に協力してもらえたら……)

婚約破棄の原因であるチェリーが、レイチェルに協力を頼むことは、図々しいし筋違いであることは分かっていたが……それしか考え付かない。

そして今日、レイチェルの教室までやってきたというわけだった。

＊＊＊＊＊

話を聞き終えたレイチェルは、ふうと溜息《ためいき》をついた。

「そういうことでしたの。確かに今のアルヴィン様が王様になられたら、各方面に確実に被害がおよびそうですものね……今からでも更生していただくという考えは正しいと思いますわ」

アルヴィンを矯正《きょうせい》する必要がある、ということはレイチェルも考えていた。

「良いですわ、協力いたします……ただし、私はあくまでもお手伝いです。これからアルヴィン様を側で支えていく覚悟があるのなら、彼を正すのはコーリッシュさんの役目ですもの」

このままいけばチェリーは王太子妃となる。

今後を考えると、彼女がアルヴィンを正すのが筋だ。

チェリーが可愛いだけの少女だったのなら、レイチェルがどうにかしてアルヴィンに正しい道を示す努力をしなければならなかった。

（お手伝いすればなんとかなりそうな気がするわ。〝怖い〟と思っていた私に相談してくる度胸もあるし、何よりも〝自分がやらなければいけない〟という自覚があるもの……）

震えながらも自分に助けを求めてきた姿に、レイチェルは絆《ほだ》されていた。

＊＊＊＊

「なんだか面白い展開になってきたようじゃのう」

そう笑いながら言うリアは、いつもの白い空間ではなく、天蓋《てんがい》付きのベッドの上にいた。

夢の中であることは間違いないが、今日はレイチェルの部屋が再現されている。

初めは白い空間だったが、「たまには、こういうのも良かろう？」とドヤ顔でリアが景色を変えたのだ。

一瞬で空間が変化したのを見て、リアが神であることをレイチェルは再認識した。

しかし、こうして自分の部屋にいると、自分が起きていると錯覚しそうになる。

まあ、それはさておき、レイチェルはリアに尋ねたいことがあった。

「リア様はチェリーが転生者だって気が付いていなかったの？」

ゲームの神であれば知っていたのではないか？

「それは、その……他の神が関与しているから、分からなかったのじゃ。ゲームの神も複数おるからのぅ」

目を逸《そ》らしながら、リアが答える。

レイチェルも、チェリーの転生にはリアがかかわっていないようだと思っていた。

なぜなら、『中二病ちっくでゴスロリな自称・栄光の女神って神様』に会わなかったかチェリーに聞いてみたところ、「私が会ったのは……その……く、熊でした」と怯《おび》えたような答えが返ってきたからだ。

熊とは何者だろうと思ったが、顔色の悪いチェリーにそれ以上詳しく聞くことができなかった。

「熊に会ったと言ってたけど……そんな神様がいるの？」

「うむぅ……どうだったかのぅ。他の神との交流とか、ほとんどないからのぅ」

考え込むリア。

その時、部屋の扉をノックする音が聞こえてきた。

普段であればパティか誰かなのだろうが……今の状況では、おかしい。ここは夢の世界なのだ。

レイチェルとリアは顔を見合わせた。

「え？　誰じゃ？」

「……さぁ？」

「おぬしの部屋じゃろ？　ちょっと開けてみよ」

「いやいやいや、見た目は私の部屋だけど、リア様が作った空間だから」

どちらが扉を開けるかで、二人が譲り合いをしていると、もう一度コンコンコンッとノックする音が聞こえる。

続いて、ガチャリとドアノブを回す音がした。

「邪魔するぜ」

「うにゃ――っ、熊⁉」

入ってきた者を見た瞬間、リアが猫みたいな悲鳴を上げて、すごい勢いでレイチェルの背後に隠れる。

（熊の話をしてたら、熊がやってきた……？）

「……ええっと、どちらの熊さんですか？」

一拍考えてから、レイチェルは尋ねた。

「おぬし、なんでそんなに落ち着いておるのだ⁉　ここは、悲鳴を上げて逃げる場面であろう⁉」

レイチェルの冷静（？）な対応に、リアが涙目でツッコミを入れる。

「いや、だって人語話してたし、ちゃんとノックしてたし……大丈夫かなって」

「確かに『邪魔するぜ』と聞こえたが……大丈夫じゃなかろう！　だって熊じゃぞ！　猛獣ではないか‼」

リアが熊を指差して言う。

確かに目の前にいるのは、熊である。

「あ〜悪い、悪い。女子どもはクマとかウサギのぬいぐるみが好きって聞いてたから……」

そう言うと目の前の熊は、徐《おもむろ》にワシッと頭部を掴み、それを剥《は》ぎ取《と》った。

「やっぱり熊じゃ――っ！」

熊頭から出てきたのは、厳《いか》つい髭面《ひげづら》のおっさんだ。

「お前、相変わらず失礼だな。よく見ろよ、忘れたのか？」

熊男はリアに呆れ顔で話し掛ける。

「熊に知り合いはおらぬ！」

「いや、熊じゃねぇよ」

リアはレイチェルの背後に隠れたまま、熊男に返事をした。熊男の話しぶりからして、リアとは知り合いのようだ。

「リア様、なんか知り合いみたいだから、よく見てみて」

レイチェルに促《うなが》され、リアは恐る恐るといった様子で熊男を覗き見る。

「……」

「……」

しばらくして、ようやくリアが緊張を解いた。

「――……ああ、おぬしか」

「すっげぇ間があったたな、おい」

熊男がガクッと脱力する。

「だって、何百年ぶりじゃ？　忘れててもしかたなかろう？」

「そんなに経《た》ってねえよ。二十年か三十年くらいだろ？　まだ最近じゃねえか」

二十年、三十年を最近と言うあたり、リアの神様仲間なのだろう、とレイチェルは察した。

「で、おぬしは突然、何しに来たのじゃ？」

顔見知りであると分かり安心したリアが、レイチェルの背後から出てきて熊男に尋ねる。

「あー、このお嬢ちゃんがチェリーと接触したみたいだから、どうだったかなと思ってな……」

「チェリー？　なんでおぬしがチェリーを気にして……ああ、もしかしてチェリーを転生させた神はおぬしなのか！　それなら、直接チェリーに会いに行けば良かろう？」

どうやらこの熊男がチェリーを転生させた神らしい。

だが、そうであればレイチェル同様、チェリーが前世の記憶を思い出した時点で、彼はチェリーに会いにいけそうなものである。

「それがな……俺、怖がられてんだよ」

寂しそうに俯《うつむ》く熊男。

確かにチェリーは、レイチェルが神に会ったか聞いた時、熊に会ったと怯《おび》えていた。

「あの、もしかして、先程の姿で会いました？」

「ああ、そうだ。さっきも言ったが、女子どもはクマのぬいぐるみとかが好きなんだろう？　俺はそいつみたいに見た目が可愛くないし、厳《いか》ついからな。怖がらせないようにと思って被《かぶ》ったんだよ」

熊男は努力の方向が間違っていた。

ぬいぐるみ好きな女子は多いだろう。レイチェルも好きだ。

しかし熊男が被《かぶ》っていたのは、そんな可愛らしいものではない。目が血走り、口を大きく開けている大変リアリティに富んだものである。間違ってもファンシーではない。猛獣だ。

「怖がられるのは当たり前であろう！　阿呆《あほう》め」

リアの言葉に再び項垂《うなだ》れる熊男。

新しく出会ったゲームの神も、ちょっと変わっていた。

第三章　義弟との関係

突然だが、レイチェルには義弟がいる。

悪役令嬢の義弟といえばゲームの攻略対象になることも多いと思うが、レイチェルの義弟も例に漏れず攻略対象である。

レイチェルは、アルヴィンとも親しく、スペックの高いことが予想される義弟にも、アルヴィンの更生に協力してもらいたいと思っていた。

ところが、義弟——ハルトには、ここ最近会っていない。

一体彼は、どこにいるのだろう？

前世の記憶を思い出したり、魔力属性が変わったりで、すっかり意識の外であった。

（ハルトにはずっと避けられているから、会わなくても不思議ではないけど……今朝も顔を見てないな。というよりも、屋敷にいる気配もないんだけど……）

同じ屋敷にいても会わないことは多々あったが、気配も感じないのは初めてである。

今朝、テーブルにハルトの分の食器が並べられていたので、どこかに泊まっているという可能性はない。

「学園から帰って探してみましょう」

学園にいたレイチェルは、授業が早く終わらないかヤキモキしてしまう。

授業中、教師の話を上の空で聞きながら、ハルトのことを考える。

義弟ハルト・ヘーゼルダインは、弟といってもレイチェルと同い年だ。

レイチェルが八歳のある日、一人の少年が屋敷に来た。

その少年はガリガリに痩《や》せ、服の隙間から見える肌には青あざや傷が見え隠れしていた。レイチェルの母の後ろに隠れ、怯《おび》えと警戒の入り混じった瞳が印象的な少年——それがハルトだ。

幼かったレイチェルには、彼が引き取られてきた経緯は説明されなかったが、使用人たちの会話や彼の様子から、なんとなく事情を察していた。

彼は継母と異母兄から虐待されていたのだ。

それに加えて今は、前世で見たゲーム雑誌の情報もある。

雑誌によると、ハルトの母親は中流貴族の愛人だったはずだ。

彼女は身体が弱く、ハルトが六歳の時に病《やまい》で亡くなる。その後ハルトは、父親に引き取られるが、愛人の息子を憎む継母によって虐待された。父親は継母を止めず、傍観していたのだ。

その状況を、どういう経緯でかは分からないが、レイチェルの両親、ヘーゼルダイン夫妻が知り、ハルトを引き取ったというわけである。

当初は、手負いの獣のように誰にも懐《なつ》く様子のなかったハルトだったが、レイチェルの父親と母親の愛情を受けて徐々にヘーゼルダインの家に馴染《なじ》んでいった。

悪役令嬢であれば、そんな彼に追い討ちをかけるように虐《いじ》めるという展開が予想されるが、レイチェルはそんなことはしていない。

ただ、人見知りで感情表現が苦手だったレイチェルは、積極的にハルトにかかわろうとすることはなく、彼のほうも必要以上に近寄ってくることはなかった。

（私って、本当にコミュニケーションスキルが低かったのね……）

レイチェルは過去の自分をしみじみと振り返る。

淡白な姉弟関係ではあったが、レイチェルはハルトに嫌われてはいないと信じていた。

ところが、あのパーティにはハルトもいたのに、レイチェルを庇《かば》ってくれなかったのだ。

（好きの反対は〝嫌い〟ではなく〝無関心〟って聞いたことがあるな。ハルトにとって、私はそういう存在だったということなのかも……関係を作ろうとしなかったのは確かだし、自業自得だよね）

ハルトとの関係を分析したレイチェルは、寂しい気分になる。

(でも、これから関係を変えていくことは、できるよ……ね?)

過去の自分は変えようがないが、未来は変えることができる。アルヴィンの件を手伝ってもらうことで、今から交流を図っていけば良いのだ。

レイチェルはポジティブに考えることにした。


学園から帰ったレイチェルは、まず父、リアムのもとに向かった。

直接ハルトの部屋に行こうかとも考えたが、これまで淡白な関係だった義姉が突然部屋を訪れ、親しげに話し掛けてきたら驚くだろうと、思い直したのだ。

それにハルトはアルヴィンと親しい。王子に婚約破棄された義姉に怒っている可能性も、なくはなかった。

「お父様、失礼いたします。よろしいですか?」

「レイチェルか……入りなさい」

リアムの自室に入ると、彼は机に座り書類に目を通しているところだった。

「学園はどうだ?」

「ええ、色々とありましたが……予想より、問題は大きくありませんでしたわ」

アルヴィンとの騒ぎなどについては、既《すで》にリアムに報告がいっているだろう。レイチェルは自分の感想のみを報告した。

「そうか……」

一言そう言ったリアムは、相変わらず無表情だったが、一瞬、安堵《あんど》したような瞳をした。決してレイチェルの気のせいではないはずだ。

「ところでお父様、ハルトはどうしているのですか？　全く姿を見ませんが……」

ここに来た目的であるハルトの所在を尋ねると、リアムは持っていた書類を机に置き、溜息《ためいき》をついた。

「ハルトは……部屋に引きこもっている」

「え？　……なぜ、引きこもっていますの？　私のことを怒っているのでしょうか？」

もしかしたらレイチェルに会いたくなくて引きこもっているのかもしれない。

「いや、今回の件でハルトも思うところがあったようでな……食事を絶《た》っておる」

「食事って……それは大丈夫なのですか？」

「いや、大丈夫じゃないだろう……ハルトの気持ちを優先して様子を見ていたが、そろそろ引きずり出してでも食べさせようと考えていたところだ」

リアムの言葉に従者が「ずっと引きこもっておられます。食事を部屋の前に用意しておりますが、手をお付けにならないのです」と付け加えた。

「お父様、今からハルトの部屋に行きましょう。私も一緒に行きますわ」

「そうだな、お前の婚約破棄のことをかなり気にしていたようだし、お前が呼び掛ければ出てくるかもしれないな」

そう言うとリアムは立ち上がり部屋から出る。その後にレイチェルが続いた。


「ハルト、いい加減に出てこい」

ハルトの部屋の前に着くと、まずはリアムが扉に向かって話し掛けた。

けれど、返事はない。

続いてリアムがドアノブを回そうとしたが、ビクともしなかった。

「駄目だ、魔力でドアノブを固定している」

ドアノブを固定されてしまっては、マスターキーを持ってきても開けられない。

ハルトの魔力属性は地属性のため、水属性のリアムでは魔力解除することができないのだ。

(属性の相性って、RPGとかで目にする相剋《そうこく》関係と一緒だよね)

地属性に克《か》つのは風属性である。

ヘーゼルダイン家で風属性なのは、レイチェルの母であるエマだが、彼女は仕事で他国に視察に行っているため不在であった。

使用人には風属性が数名いるが、ハルトの魔力は強く、彼らでは力が足りない。

「お父様、私が試してみますわ」

前世を思い出した今のレイチェルなら、ハルトの魔力を解除できるはずだ。

「ハルト、私ですわ。開けますわよ」

一言声を掛けてから、ドアノブを持った右手に意識を集中する。

意識的に望んだ属性を使えることは、魔術協会で検査を受けた時に分かっていたため、躊躇《ためら》いはなかった。

レイチェルの手を中心に穏やかな風の渦《うず》ができる。次第に地属性の魔術が解けていくのが分かった。

ガチャッと音が鳴る。

完全に地属性の魔力が消えたのを確認し、ドアノブを回してみると、あっさりと開いた。後ろで見ていたリアムが「ほう」と感嘆の声を上げる。

「開きましたわ。入りますわよ」

レイチェルは薄暗い部屋に足を踏み入れた。

まずは、閉めきったカーテンをシャッと開ける。

一気に光が入り室内が明るくなった。

振り返って部屋の様子を見ると、ベッドの上に布団《ふとん》の塊《かたまり》がある。

「ハルト、ハルト？」

レイチェルはベッドの端に腰掛け、布団《ふとん》の塊《かたまり》に向かって声を掛けてみた。

けれど、返事はない。

「ハルト、捲《めく》りますわよ」

そう言って布団《ふとん》の端を持ち上げると、水色の髪の整った顔の青年——ハルトが見える。

今はもう、ヘーゼルダイン家にやってきた当初の、ガリガリに痩《や》せた少年の面影《おもかげ》はない。

学園では年上の令嬢たちからもカッコ可愛いと言われており、キャーキャーと黄色い声を上げられている姿をよく見かける。今も食べていないため若干やつれているものの、イケメンであることに変わりはなかった。

（攻略対象者だし、カッコ良いのは当然だよね……それよりも、何日も食べていないなんて、身体は平気なの？）

「大丈夫ですか？」

レイチェルは、横たわるハルトの顔を覗き込んだ。

「……──っ、姉上⁉」

ぼうっと焦点の合わなかった視線がレイチェルを捉《とら》え、ハルトは一瞬固まる。そして次の瞬間、ガバッと勢い良く起き上がった。

「な……なんで、姉上がここに──」

ぎゅるぎゅるぎゅる〜。

ハルトの声を遮《さえぎ》るように、空腹を知らせる腹の音が盛大に鳴った。

「とりあえず、何か食べてから話をしましょう」

「でも……」

「食べなさい」

「──うっ……はい」

レイチェルが有無を言わせぬ笑顔で言うと、ハルトは目を見開き、一拍後コクリと頷いた。

半《なか》ば無理やり彼をベッドから引きずり出す。

ハルトは空腹からか、フラフラとよろめいていた。

その様子を見たリアムが「抱えていってやろう」と提案する。けれど、ハルトに全力で断られ、少し寂しげな顔をした。

（イケメン父に抱えられる、イケメン義弟……前世だったら、ものすごく需要がありそうな構図ね。私も少し見てみたかった気がするなぁ。もちろんお姫様抱っこで）

レイチェルはそんなことを考えながら食堂へ向かう。

食堂には、リアムの従者が知らせたのか、食事が用意されていた。

「いただきます」

席に着いたハルトは小さく呟《つぶや》き、躊躇《ためら》うようにフォークを取る。やはり空腹だったようで、その後は結構な速さで並べられた料理を減らしていった。

（こんなに急いで食べているのに、がつがつしているように見えないって、すごいよね）

向かいの椅子に座ってレイチェルはハルトの様子を観察した。

リアムとエマの教育の賜物《たまもの》か、ハルトの貴族としてのマナーは完璧だ。もちろん本人の努力あってのことでもある。

「……どうして、食事を摂らなかったのですか？」

ハルトがひと息ついたところで、レイチェルは尋ねる。

リアムは、今回の件でハルトには思うところがあったようだと言っていたが、本人の口から理由を聞きたかった。

（そういえば、ハルトもチェリーさんのことが好きだったのかな？　だったら、私の婚約破棄でアルヴィン様とチェリーさんが結ばれたので、結果的に振られたことになるよね。……ショックで引きこもったとか？）

アルヴィンと行動を共にすることの多いハルトは、チェリーと接触することが多かった。攻略対象者でもあるし、ヒロインのチェリーに恋心を抱《いだ》く可能性は大きい。

（あのパーティの時こちらを見なかったのは、もしかして、仲良く並ぶアルヴィン様とチェリーさんの姿を見たくなかったのかも）

レイチェルに無関心だったとしても、アルヴィンとチェリーのことも見ていなかったのは、違和感がある。

「それは……その……」

レイチェルの問い掛けにハルトは言いよどむ。

しばらく視線を彷徨《さまよ》わせていたが、意を決したように真っ直ぐレイチェルと視線を合わせた。

「姉上、すみませんでした！」

テーブルに手を突き、勢い良く頭を下げる。

勢いがつきすぎて、ゴンッと鈍《にぶ》い音が聞こえた。

（食器のある位置じゃなくって良かった——じゃなくて、なぜ謝罪？）

ハルトが謝る理由が全く分からず、レイチェルは首を傾《かし》げる。

「ええっと、どうして謝っているのですか？　ハルトは何も悪くないですよね？」

「でも姉上は、アルヴィン様のことが好きでしたよね。僕はそれを知っていながら、二人が親密になるのを止めず……挙句あのようにひどい事態になるのを防げませんでした。申し訳ありませんでした」

その言葉で、ハルトがレイチェルに対する後ろめたさを抱いていたのだと察した。

レイチェルは優しく微笑《ほほえ》む。

「婚約破棄の件で怒っていることがあるとすれば、アルヴィン様の浅はかな行動に対してですわ。今はアルヴィン様に恋心など持っていないので、ハルトが気にすることなんてありません……それよりも、ハルトこそチェリーさんが好きだったのではないのですか？」

「僕がチェリーさんのことを？　一緒にいることが多いので友人としての好意は持っていますが、それ以上の感情はないです……あの、姉上。姉上はもうアルヴィン様をお好きではないのですか？」

（あら、恋心はなかったの。ではなぜあの時こっちを見なかったのかしら。いや、それより、ハルトは私がまだアルヴィン様を好きだと思っているみたいね）

あの後、ハルトとは会っていなかった。レイチェルの心境の変化を知らなくても、不思議ではない。寧《むし》ろ当然だ。

「ええ。今の私はアルヴィン様が嫌いです。婚約を解消できて嬉しいくらいですわ」

「そう、なのですか？　無理をされているのではなく？」

なおも不安そうにハルトが尋ねる。

「無理なんてしてませんわ。だからハルトは気にしなくて良いのです」

「……分かりました。姉上がそうおっしゃるのなら、気にしないことにします」

ハルトはレイチェルの心を探《さぐ》るようにジッと見つめていたが、嘘は言っていないと判断したらしい。すぐにホッとしたように身体の力を抜いた。

「なんと言うか、数日見ない間に、姉上は変わられましたね」

前世を思い出してから何度もレイチェルが聞いた台詞《せりふ》を、ハルトも口にした。

「吹っ切れましたので」

余裕の笑みでレイチェルが答えると、なぜかハルトの顔が赤くなる。

「どうしましたの？」

「――っ、いえ！　なんでもないです。えっと、今の姉上のほうが……話しやすくて良いです」

慌《あわ》てたように首を横に振ったハルトは、小さな声でそう呟《つぶや》いたのだった。

＊＊＊＊

食事を終え、レイチェルと一緒に部屋に戻ったハルトは、自分の気持ちを語り始めた。

ハルトの母は、とある中流貴族の屋敷で下働きをしていたそうだ。

優しく整った容姿をしていた彼女は、そこの主人に気に入られ愛人として囲われた。

平民の彼女に拒否権はなく、それしか道がなかったらしい。

一年後、身籠《みごも》った彼女は、妊娠を機に屋敷を辞す。そして町の小さな部屋で、生まれてきた子ども——ハルトと細々と暮らしていた。

ハルトの父親である男からは、碌《ろく》な援助はなかった。

堅いパンに薄い塩味のスープ、ツギハギだらけの服……とても貧乏だったけど、優しい母がいれば、それだけでハルトは幸せだったようだ。

そんな貧しくとも幸せな時間は、ハルトが六歳になって少し経《た》った時に、突然終わりを告げる。

ハルトの母親が流行《はや》り病《やまい》で死んでしまったのだ。

亡くなる直前に彼女は、〝どうか息子を引き取ってほしい〟と子どもの父親に懇願していたという。

遺《のこ》されるハルトを思っての行動だったのだろうが、結果的にそれは、ハルトにとって地獄の始まりになる。

彼女が亡くなって数日後、願いどおりハルトは父親の屋敷に引き取られた。

けれど、継母となった女は、愛人であったハルトの母を憎んでいた。その息子であるハルトを受け入れるはずもない。

ハルトは継母に薄暗い部屋に閉じ込められる。

食事は一日に一回、小さなパンの欠片《かけら》と水だけだ。運が悪い日はそれすらも与えられなかった。

初めはハルトを「見るのも穢《けが》らわしい」と視界に入れなかった継母だが、しばらくするとハルトの部屋を訪れるようになった。

ハルトを憎んでいる継母が部屋に来る理由なんて簡単に想像がつく。……そう、折檻《せっかん》するためだ。

そして間もなく、三歳年上の異母兄が、それに加わった。

父親は時々見かねてお菓子を与えてくれたが、それだけだ。継母と異母兄に虐待される息子から目を逸《そ》らし続けていた。

（ああ、この人に助けを求めても無駄だ）

ハルトはすぐにそう悟ったという。彼の味方はいなかった。

けれど一年後、ハルトの部屋に誰かが訪れる。

いつものように継母か異母兄が来たのだろうと思ったハルトは扉に視線を向けたが、開いた扉から入ってきたのは綺麗な女の人だった。

「今日から、この方の家に行くんだ」

ハルトは父親の声を他人事のように聞いた。

信じられる人なんていない。

その頃のハルトは心を閉ざしていた。

唯一信じていた母のことすら、自分を地獄に追いやったと恨みたくなる日もあったほどだそうだ。

そうしてハルトは、レイチェルの住む屋敷に来たのだ。

彼は父親の家とは比べものにならないほど広く、豪華な屋敷に圧倒されたらしい。

（ここでも、また打《ぶ》たれるのだろうか……）

そう警戒するハルトに、彼をここまでつれてきた女の人は、優しく微笑《ほほえ》みかける。その微笑《ほほえ》みは忘れかけていた母のそれを思い出させ、冷え切った彼の心を少し温かくした。

「家族を紹介するわ」

そう言って通された部屋には男の人と、ハルトと同じ年くらいの女の子がいた。

「今日から私たちは家族だ、よろしく」

そう言って男の人はハルトの頭を撫でた。見た目は無表情で怖そうなのに、男の声と手はとても優しく温かい。

「ほらレイチェルも挨拶しなさい」

男の人に促《うなが》されて女の子も、ハルトに向かって小さくお辞儀をした。

それがレイチェルだ。

女の子はすぐに父親の背中に隠れたが、人形みたいに無表情だったせいで、ハルトは、少し怖かったという。

こうしてハルトは、ヘーゼルダイン公爵夫妻の養子となったのだ。

ヘーゼルダイン公爵夫妻はハルトにとても優しかった。

心を閉ざし、実の母でさえ信じられなくなっていたハルトの心を、ゆっくりと開いていく。それと同時に公爵家の息子としての教育も与えてくれた。

覚えることが沢山《たくさん》あって大変だったが、ハルトは知らないことを覚えていくことをとても楽しんだようだ。何より、必要とされているのが嬉しかったらしい。

ただ、レイチェルとはあまりかかわることがなく、用事がある時以外は話し掛けないようにしていたそうだ。

自分は嫌われているのだと思っていたかららしい。

けれど、レイチェルが人見知りで、ハルトだけでなく他の人にも同じような態度であることに、しばらくして気が付く。

公爵家での生活にも慣れ、周りの人とも打ち解けてきた頃、ハルトはレイチェルと共に義父の視察に付いていくことになった。

三人で町を回っていたが、ハルトは体力的に無理があり、視察半《なか》ばでレイチェルとカフェで休むことになったのだ。

家族として一緒に過ごすうちにレイチェルの無表情にも若干慣れ、怖いと思うことはなくなっていたが、話ははずまず、ハルトはただ静かに紅茶を飲んでいた。

何げなく店内を眺《なが》めていると、一組の親子が視界に入る。それを見た瞬間、ハルトの頭の中に忘れたい記憶が一気に溢《あふ》れ、息が詰《つ》まった。

視界に入ってきたのは、ハルトの継母と異母兄だったのだ。

気が付かないでほしいという願いも虚《むな》しく、向こうもハルトの存在に気が付いてしまう。

継母は異母兄に向けていた優しい表情を憤怒《ふんぬ》に変え、ハルトに近付いてきた。

その後の出来事は、レイチェルも覚えている。

「――っ、なぜお前がここにいるの⁉」

周りの目など気にする様子もなく大声で怒鳴りながら、ハルトの継母は手を振り上げた。

「待ってください」

打《ぶ》たれることを覚悟してハルトが身をすくませたので、レイチェルは静かな声で継母を制す。

「その手を振り下ろしたら、おば様は罰せられてしまいますよ」

その言葉で継母の手がビクッと止まる。

公爵家の息子となったハルトを害せば、中流貴族である女が罰せられるのは必至だ。

周囲の注目を集めているので、言《い》い逃《のが》れもできない。

憎々しげにハルトを睨《にら》みつけながらも、女は静かに手を下ろした。

「ハルト……こっち」

レイチェルは、継母の憎悪に満ちた視線から目を逸《そ》らせず固まってしまったハルトの手を引っ張り、ざわつく店内から連れ出した。

カフェの近くにあった小さな公園まで来ると、ハルトをベンチに座らせ「大丈夫？」と尋ねる。

ハルトは、公爵夫妻のおかげで忘れかけていた父親の屋敷での生活を、思い出していた。呼吸の仕方を忘れてしまったかのように浅い息しかできず、涙をにじませている。

「もう、大丈夫だから……」

レイチェルはふわりとハルトを抱き締め、背中を擦《さす》る。

けれど、レイチェルの身体も震えていた。彼女も怖かったのだ。

普段あまり人と接しないレイチェルが、大人――それも怒りを顕《あら》わにした人間と対峙《たいじ》するのには、相当の気力が必要だったはずだ。

それでも、ハルトのために継母を制し、あの場から連れ出してくれたのだ。

「ありがとうございます……姉上」

ハルトの言葉に、レイチェルは小さく頷く。

――守られるのではなく、大事な人を守れる男になりたい。

その時、ハルトはそう心に決めたそうだ。

それをきっかけに、公爵家の息子として、レイチェルの義弟として、誇れる人間になりたいと、彼はこれまでよりも一層勉学に勤《いそ》しむようになったという。

その思いはレイチェルが婚約してからも変わらなかった。

ハルトの目から見てもアルヴィンは王位継承者としての自覚が低く、目を離す度に問題を起こしていた。

だいたいは小さないざこざだったが、「これはマズイ」と思った時は、ハルトも彼を諫《いさ》めるようにしていたらしい。

アルヴィンはレイチェルの言葉には顔をしかめるが、ハルトの言うことはそれなりに聞き入れた。

「あいつは、俺を馬鹿にしてるんだ」

アルヴィンはレイチェルを誤解し、そう言っていたそうだ。

ハルトには、彼女がアルヴィンに好意を持っているのが分かったのに。

レイチェルは無表情だけど、王宮に赴《おもむ》く日は、どことなく嬉しそうな雰囲気だったから。

ハルトは、レイチェルが人を馬鹿にするような人間ではないと何度もアルヴィンに説明したが、「お前は家族だから、庇《かば》うんだ」と理解してはもらえなかったそうだ。

学園に入学してからも、レイチェルたちの関係は変わらず、寧《むし》ろさらにぎこちなくなっていく。

おまけに、チェリー・コーリッシュ男爵令嬢が現れる。

初めは珍しい光属性に興味を惹《ひ》かれて話し掛けていたアルヴィンが、次第にチェリーに異性として好意を持つようになってしまったのだ。最初こそ戸惑《とまど》っていたチェリーも、アルヴィンに心を許していく。

ハルトは、これはマズイ状況だと思ったという。

そもそも婚約者のいる身で他の女性にちょっかいを出すこと自体が間違っている。アルヴィンの行動を、いつもの気まぐれだと楽観視していた自分を呪っているうちに、レイチェルとアルヴィンの関係は、最悪な形で終わりを迎えた。

公衆の面前で婚約者を罵倒《ばとう》するなど……それを止められなかった罪悪感から、ハルトはレイチェルに会うことができなくなったのだ。

それは昔、継母と異母兄に折檻《せっかん》されるハルトから目を逸《そ》らしていた彼の父と同じ行動だった。『この人に助けを求めても無駄だ』と諦観《ていかん》していた自分が、実父と同じことをしている。そのことにハルトは愕然《がくぜん》とした。

『守られるのではなく、大事な人を守れるような男になりたい』と願ったのに、一番守りたかった人を守れなかった。

罪悪感で押しつぶされそうになったハルトは、部屋に閉じこもり、食事を断《た》った。

薄暗い部屋と空腹感は昔の記憶を蘇《よみがえ》らせ、彼の心を痛めつける。

それがなんの懺悔《ざんげ》にもなっていないことは分かっていたが、自分の行いが許せなかった。

そんなハルトを再び光の中へ連れ出したのは、またしてもレイチェルだ。

継母のもとから連れ出した時と同じように「大丈夫？」と尋ねた彼女。

いつもの無表情ではなく、心配そうな表情をしていたので、ハルトは自分に都合の良い夢を見ているのだと思ったそうだ。けれどそれは、夢ではなかった。

レイチェルが傷付いていないことに心から安堵《あんど》していると、ハルトは笑顔で話を締めくくる。

元気を取り戻したハルトに、レイチェルも笑みを浮かべた。

今の彼ならアルヴィンの更生に協力してくれるだろう。

何より、姉弟として仲良くなれそうなことが嬉しかった。

＊＊＊＊＊

数日後、学園から帰宅したレイチェルが部屋へ入ると、なぜか大きなウサギのぬいぐるみがベッドの上にあった。

（……ぬいぐるみ？）

なんとなくリアが持っていそうなぬいぐるみだ。もっともあちらの場合は、片手で持てる大きさ且《か》つ、包帯でグルグル巻きという痛い仕様だが。

（なんでいきなりぬいぐるみが私の部屋にあるの……あ、もしかして――）

「レイチェル、ただいま！」

振り返ろうとしたレイチェルを、背後から抱き締める者がいた。

「やっぱり、お母様でしたのね。お帰りなさいませ。隣の国はいかがでした？」

頬を寄せてくる女性に、レイチェルは挨拶する。

リアムの代理として隣国の視察を行っていた、公爵夫人のエマ・ヘーゼルダインが帰宅したのだ。

「賑やかで良い国だったわ。あと海産物が美味《おい》しかったわね。お土産《みやげ》に色々買ってきて料理長に渡したから、きっと夕食に出してくれると思うわよ」

「それは、楽しみです」

ランドール王国は内陸国のため、魚介類は干物《ひもの》や燻製《くんせい》が多く、高価だ。よって肉に比べて食卓に出される頻度が低かった。

「リアム様からあなたの婚約破棄について聞いて心配していたんだけど……なんだか大丈夫そうね。寧《むし》ろイキイキして見えるわ」

夕食に海産物が出ると聞いて喜ぶレイチェルに、エマが安心したように微笑《ほほえ》んだ。

「傷心の娘を慰《なぐさ》めようと、ぬいぐるみを買ってきたのだけど、必要なかったかしら?」

「いいえ、嬉しいですわ。ありがとうございます、お母様」

レイチェルの予想どおり、ぬいぐるみはエマからのプレゼントだ。

感謝を表してレイチェルはエマに抱きつき、お礼を言った。

「ふふ、喜んでくれて嬉しい。ハルトも引きこもって大変だったみたいだけど、さっき会った時は大丈夫そうだったし……二人が元気で良かったわ」

ハルトもあれからは引きこもらず生活している。頼もしいことに、「アルヴィン様を正す努力をしてみます」と言ってくれていた。

「あ、そういえばさっき、王宮からリアム様に使者が来てたわね……なんの用事だったのかしら」

婚約破棄に対し、リアムは制裁——登城拒否をしている。ただ、登城していないだけで、仕事は家でこなしているので、書類を届けにやってきたのだろう。

そう思っていると、部屋の扉が叩かれる。

「お嬢様、失礼いたします。リアム様が書斎にいらっしゃるようにとおっしゃっています」

パティがリアムの伝言を告げた。

「何かしら？　すぐに行くと伝えてくれる？」

「分かりました」

リアムからの呼び出しの理由がなんなのか、思い当たることが多くて分からない。レイチェルは首を傾《かし》げた。

制服を部屋着に着替え、リアムの書斎へ向かう。

「失礼いたします」

前回リアムの書斎に訪れたのは、前世の記憶を思い出した直後だ。あの日は、リアムの怒りで部屋の中に冷気が漂《ただよ》っていたが、今回はそれがない。

椅子に座るリアムは一見機嫌が悪そうだが、娘視点で見ると良いほうだと推測できた。

「先程、婚約破棄が正式に認められたと連絡があった」

リアムが端的に用件を伝える。

それはレイチェルとアルヴィンの婚約が本当の意味で解消したという喜ばしい知らせだ。

「本当ですか！　良かったですわ！」

当人たちの気持ちや世間的には、既《すで》に破棄されていたが、手続き上はまだ婚約者であった。そんな微妙な縁が、これですっぱりと切れたわけだ。

リアムも嬉しそうだ。

「ああ、これで私もやっと登城できる」

父はワーカーホリックの気があるため、登城しないことがストレスとなっていたようである。

レイチェルは、父の心労がなくなったことにも安堵《あんど》した。

第四章　恋心

チェリーが転生者であると知った数日後。レイチェルは、検査のため魔術協会を訪れる予定だった。

その前にチェリーと今後の計画――〝アルヴィン更生計画〟について詳しく話そうと、校舎裏の庭園で会う約束をする。

休日であったが、学園は学生証さえあれば出入りが自由だ。庭園までの道も人目に付きにくく、こっそりと会うにはもってこいの場所である。

しかし、当日になって一つ問題が生じた。

学園に着くと同時に小雨が降り始めたのだ。

レイチェルが庭園に着く頃には勢いが増す。

チェリーは薔薇《ばら》のアーチの下で雨をしのいでいた。そこ以外に雨を避ける場所はなく、そこも正直、こころもとない。

「レイチェル様！　おはようございます」

「おはようございます。ここでは濡れてしまいますわね……一旦、馬車に行きましょう」

庭園での話し合いは無理だと判断したレイチェルは、そう誘った。校舎の中は部活動で訪れる生徒がいるため避けたい。

ひとまず、人目に付かないように待たせてあった馬車にチェリーを連れて戻り、どこに移動しようかと、考える。

この頃、レイチェルと玲がだいぶ馴染《なじ》んできていて、思考の中でもレイチェルの口調に近くなってきていた。

（どうしましょうか……このまま馬車の中で話すのは、御者がいますし……あ、魔術協会の部屋を使わせてもらえないでしょうか）

レイチェルがこの後魔術協会に行くことは、チェリーに話してあった。

魔力の属性変化について、「ゲームの神様が〝ちょっとオマケ〟してくれた」と説明してみたのだ。チェリーは、「転生チートというものですね」とあっさりと納得してくれている。

因《ちな》みに、チェリーも前世を思い出したことで何かしらの変化があったのではないか聞いてみたが、魔力量が増えた気がする程度だったそうだ。

ともあれ二人は場所を変更し、魔術協会に向かった。

魔術協会は一般の人に開放されている場所もあるが、一室を借りるには許可が要る。

前回魔術協会を訪れた時はリアムが全て処理してくれたため、レイチェルは手続きの方法を知らなかった。

「あれぇ、お嬢さん？　早いね。昼くらいに来る予定じゃなかった？」

ひとまず受付っぽいところを探して手続きの方法を教えてもらおうと思っているところに、声を掛けられる。

声のほうを見ると、前回会った時と変わらない白衣姿のウォルトが立っていた。正に神の助けである。

「ウォルトさん、ちょうど良いところに！」

レイチェルは顔を輝かせた。

「実は、外で話をする予定だったのですが、雨が降ってきまして……お部屋をお借りしたいのです。どうすれば良いのでしょうか？」

「内緒話～？　いいよ。この前の部屋で良い？」

「あの、手続きは？」

「ああ、要らないよ。僕が直接許可したから、大丈夫」

あっさりと使用許可が得られる。

こんなに簡単で良いのか心配になったが、ウォルトが魔術協会の属性管理局局長であることを思い出した。

（彼はこの部署で一番偉い人でしたわよね……そう見えませんが）

「じゃあ、また後でね～」

ウォルトはヒラヒラと手を振りながら去っていった。

「あの、レイチェル様……今のは？」

「属性管理局局長のウォルト・ハネストさんですわ」

「え!?」

チェリーは目を見開いて驚く。

「その反応……分かりますわ、私もびっくりしましたもの。――さあ、無事に許可をもらいましたし、お部屋に行きましょうか」

ウォルトが先日の部屋を使って良いと言っていたため、レイチェルはチェリーを先導して奥の部屋へ向かう。

部屋に入り、二人は向かい合って座った。

まずは、チェリーが会った態は、この世界に転生させてくれたゲームの神であることを説明しておく。

「少し……変わっていますが、貴女《あなた》のことを心配していましたよ。今度は熊を被《かぶ》らずにいるよう言っておきましたので、怖がらないであげてください。見た目は厳《いか》ついおじさんでしたが、優しそうな神様ですし、大丈夫ですわ」

彼がチェリーを心配していたのは本当のことだ。

あの後、熊男な神様には、チェリーの様子を色々と聞かれた。

見た目がおっさんなので、娘を心配する父親のようだったとレイチェルは感じたものだ。

リアはこの世界でのレイチェルの行動をかなり細かく視ることができるようだが、熊男な神様にはチェリーの姿がボヤッとしか視えないらしい。

相性の問題であると二柱の神様が説明してくれた。

「分かりました。緊張しますが、怖がらないように努力してみます」

チェリーも熊男の正体を知って、ほっとした表情をする。

「では、今日の本題に……と、その前に扉を閉めておきましょうね、一応内緒話ですし」

レイチェルがそう言い、扉を閉めようとした時、廊下を歩くエミリオを見つけた。

「エミリオ様」

「こんにちは、レイチェルさん。ウォルトからこちらにいらしてると聞きまして……コーリッシュさん？」

部屋の中にいるチェリーに目を留め、エミリオは困惑の表情を浮かべた。

（弟の元婚約者と現恋人が仲良く話をしているなんて、端《はた》から見たら、ものすごく違和感がありますわよね）

エミリオの戸惑《とまど》いがレイチェルに伝わってくる。

「エミリオ様、ご存じだと思いますが、こちらはチェリー・コーリッシュさんです」

レイチェルはどうしたものかと考え、とりあえずエミリオにチェリーを紹介した。

エミリオが彼女のことを既《すで》に知っているのは分かっていたが、レイチェルも少し混乱していたのだ。というか、ここでエミリオに会うとは想定していなかった。

「あ、えっと……コーリッシュ男爵の娘、チェリー・コーリッシュと申します」

レイチェルに促《うなが》されたチェリーが、ぎこちなく挨拶をする。

エミリオも挨拶を返した。

「学園で何度かお見かけしたことはありますが、こうして言葉を交わすのは初めてですね。エミリオ・ランドールです――それで、なぜお二人はこちらに？」

落ち着きを取り戻したらしいエミリオが尋ねる。

ここにいるのがレイチェルだけであれば、魔力の属性変化の調査のために訪れたのだと分かるが、チェリーがここに来る理由はない。疑問に思うのも無理はなかった。

「実は……」

レイチェルは前世の記憶云々《うんぬん》は省いて、アルヴィンを正しい道に導こうとしていると、エミリオに説明した。

兄であるエミリオに隠すことではないと思ったのだ。

「それは、私も協力できたら良いのですが……恥ずかしながら弟に嫌われているようで、最近顔も合わせていないのですよ」

説明を聞いたエミリオは、申し訳なさそうに言う。

（そういえば、私がアルヴィン様の婚約者だった頃も、エミリオ様とアルヴィン様が話しているところをほとんど見たことがありませんでしたわ……エミリオ様をお見かけする機会も少なかったですし）

自身が畏怖《いふ》の対象として見られていることを熟知しているエミリオは、できる限り公《おおやけ》の場には出てこない。王宮でも見かけることが少なかった。

「――でも、できることがあればしますので、遠慮なく言ってくださいね……弟の行動には、私も思うところがありますから」

そう言ったエミリオの表情は、少し厳しかった。

（エ……エミリオ様、怒ってらっしゃる？）

「エミ――」

「お嬢さん、失礼するよ～っ」

レイチェルがエミリオに声を掛ける前に、ガチャッと音を立てて扉が開き、ウォルトが現れる。

「……ウォルト、部屋に入る前にノックしてください。私ならともかく、淑女の前で失礼ですよ」

困り顔でウォルトを諫《いさ》めるエミリオは、普段の様子に戻っていた。

「ごめん、ごめん、今度から気を付けるよ～」

軽く受け流すウォルト。相変わらずのチャラさである。

「ウォルトさん、私に用事ですか？」

「そうそう。この間の石の調整が、思ってたより早くできたから持ってきた～」

ウォルトはそう言って持っていた箱を開けた。中には黒い宝石のネックレスが入っている。宝石は、この間エミリオに闇属性を注いでもらった石だ。

石の調整をするとは聞いていたが、まさか装飾品に加工までしてくれるとは思っていなかった。

「でしょ？　普段つけられるようにネックレスにしてみたんだ～。というわけで、はい、王子」

ウォルトは自慢げに言うと、ネックレスの入った箱をエミリオにポンと手渡した。

「……え？」

突然、箱を渡されたエミリオは、目を丸くして固まる。

「せっかくだし、王子がつけてあげなよ。僕みたいなオッサンがつけるより良いでしょ～」

「いえ、ウォルトはまだ、オッサンと呼ぶ年ではないでしょう……」

「え～、じゃぁ、僕がお嬢さんにつけても良いの？」

そうウォルトが聞くと、エミリオは言いよどんだ。

「――っ、……レイチェルさんがよろしければ、私がつけさせていただきます」

一瞬息を詰《つ》めた後、焦《あせ》ったように答えるエミリオを、ウォルトが面白そうにニヤリと笑う。けれど、エミリオもレイチェルもウォルトの表情に気が付かなかった。

「あの……ハネスト様、ちょっと魔力属性について相談したいことがあるのですが、よろしいですか？」

それまで静かに見ていたチェリーが、思い出したようにウォルトに話し掛ける。

「綺麗ですわね」

「コーリッシュさん？」

チェリーが魔術協会に来たのは偶然のはずだ。

そのような相談事があるなど、レイチェルは聞いていなかった。

「レイチェル様、ちょっと失礼しますね」

ニコッと可愛く笑うと、チェリーはウォルトを促《うなが》して部屋から出ていこうとする。

「え～、出ていくの？　見てちゃ駄目？」

「駄目ですハネスト様。こういうのは、コッソリ見届けるものです！」

チェリーとウォルトがコソコソ話しているのが聞こえてきた。

そのやり取りから、チェリーが気を利かせて、レイチェルとエミリオを二人きりにしようとしているのだと分かる。

（いやいや、コッソリ見届けるって……）

パタンと扉が閉まり、部屋の中はレイチェルとエミリオだけになった。

「……」

「……」

（どうしましょう……何か話さなければ）

チェリーがいた時は自然に話していたのに、二人きりになると急にエミリオを意識してしまい、レイチェルは言葉が出てこなくなった。

「……すみませんレイチェルさん。私が勢いで言ったせいですね」

沈黙を破って、エミリオがレイチェルに謝罪する。

「いえっ、謝らないでください……えっと……その、エミリオ様、ネックレス、つけて……いただけますか?」

レイチェルは、前世を含めたこれまでの人生で、異性にネックレスをつけてもらった経験なんてなかった。

かなり緊張しているが、せっかくエミリオが申し出てくれたのだ。ここは話の流れに乗るしかない。

エミリオからネックレスを受け取って自分でつけるという選択肢もあるのだが、今のレイチェルは全く思い付かなかった。

「よろしくお願いします」

レイチェルはエミリオに背を向け、うなじを出すように髪を掻《か》き分《わ》ける。

エミリオが近付き、箱からネックレスを取り出す気配がした。

「失礼しますね」

そう言ってネックレスが首に掛けられる。

「……っ」

エミリオの指がかすかに肌に触れ、レイチェルは思わず息を呑んだ。

(ただネックレスをつけてもらっているだけなのに、なぜこんなに緊張しますの⁉)

彼に鼓動が聞こえてしまうのではないかと思うくらい、ドキドキしている。

「はい、できましたよ」

「あ……ありがとうございます」

声が裏返りそうになったが、レイチェルはなんとかエミリオに礼を言う。ほんの数秒が、ものすごく長く感じた。

レイチェルは髪を整えて、エミリオのほうを向く。

「よく、お似合いです」

「……っ」

フワリと優しく微笑《ほほえ》むエミリオに、レイチェルの鼓動がさらに高鳴った。

「——ありがとうございます」

直視できず、俯《うつむ》きながらエミリオにお礼を言う。

「……さて、二人とも隠れているつもりかもしれませんが、バレバレですよ？」

エミリオが扉に向かって声を掛けると、チェリーとウォルトが部屋に戻ってきた。

チェリーの顔は若干赤い。そしてウォルトは、「良いもの見せてもらったよ！」と親指を立てていた。

（どう反応したら良いのでしょうか？）

「ウォルト……」

レイチェルがどんなふうに返そうかと考え込んでいると、困ったように呟《つぶや》くエミリオの声が聞こえてきた。

その後しばらくして、エミリオとウォルトは各々《おのおの》用事があると退室していった。

「はぁ～っ」

二人の気配がなくなったのを確認したレイチェルは、令嬢にあるまじき大きな溜息《ためいき》をついて、椅子に座り込む。

「どっ、どうしたんですか、レイチェル様」

レイチェルの様子に驚いたチェリーが、近付いてくる。

「想像以上に緊張しましたの……」

エミリオに触れられた感触が、まだ残っている。

「レイチェル様はエミリオ様に恋しているのですね」

そんなレイチェルの様子を見て、チェリーが言う。

「なっ……恋って……そんな……」

動揺するレイチェル。

確かにエミリオの笑顔を見て謎の動悸《どうき》に襲われたり、寂しそうな表情を見て癒《いや》してあげたいと思ったりしたが……

「エミリオ様と一緒にいるとドキドキします？」

「……しますわね」

それはさっき二人きりになった時、実感した。

「会えない時、エミリオ様のことを考えます？」

「……ええ」

図書室で会ってから今日まで、エミリオのことを何度も考えている。

「今日会えて嬉しかったですか？」

「……嬉しかったですわ」

会えると思っていなかったため驚いたが、エミリオの顔を見た時、レイチェルの心は温かくなった。

「エミリオ様のことをもっと知りたいですか？」

「……知りたい……ですわ」

レイチェルは、まだほんの一部しかエミリオのことを知らない。彼の趣味や楽しいと思うことを、もっと教えてもらいたかった。

「レイチェル様、それは恋です！」

チェリーがどや顔で言う。

「レイチェル様はエミリオ様がお好きなんですね……」

「わっ、私のことよりも、アルヴィン様の話をしましょう！」

チェリーに、エミリオへの思いが恋心だと指摘されたレイチェルは、耳まで赤くなる。

誤魔化すように話題を変えたが、自分の気持ちを悟ってしまった。

だが、そもそもここへ来た理由は、アルヴィンについて話し合うためだったはずだ。

このままでは、チェリーにこのネタで弄《いじ》られ続け、本題に戻れないのが目に見えている。

「そうでしたね。アルヴィン様の話をするために来たんでした……すみません。先程のお二人の様子が、とても素敵でドキドキしてしまって、つい」

少し残念そうにチェリーが謝る。

レイチェルは深呼吸をして、動揺した気持ちを落ち着かせた。

「そういえば、最近アルヴィン様をお見かけしないのですが……学園にはいらしていますわよね？」

学園で王家の紋がついた馬車を見かけるため、アルヴィンが学園に来ているのは確かだと思うが、姿を見ない。

「はい、学園にはいらしています。ただ、その……レイチェル様のことを、避けていらっしゃるみたいです」

口ごもり目を逸《そ》らしながら、チェリーが言う。

「先日、アルヴィン様がレイチェル様の侍女へ心ない言葉を投げつけられたことがありましたよね。私もあの発言はひどいと思って……『アルヴィン様が悪い』って言ったんです……」

チェリーは、アルヴィンの行動を正さなかったことを後悔しているため、〝悪いことは悪いと、キチンと伝えないと！〟と頑張ったのだ。

「それで、アルヴィン様の反応はどうでしたか？」

普段優しく自分の味方をしてくれている者からの指摘は、結構応《こた》える。アルヴィンはどうだったのだろうか？

「傷付いた表情をされて……その後、何か考え込んでいらっしゃいました」

「コーリッシュさんの言葉で考え込んでいたということは、貴女《あなた》の言葉なら効くということでしょうね……私を避けるのは、まぁ、色々と理由があると思いますが」

以前のレイチェルと性格が変わり、アルヴィンが驚いていることも原因の一つだろう。昔のレイチェルなら、アルヴィンに言い返したりしなかった。

とにかく、チェリーの苦言にだけでも耳を傾《かたむ》けられるのであれば、アルヴィンは変われるかもしれない。

希望を持っていると、チェリーがおずおずと口を開く。

「あの、それから……さっきエミリオ様は『弟に嫌われている』とおっしゃっていましたが、嫌ってはいらっしゃらないと思います。アルヴィン様とご一緒させていただいている時にエミリオ様をお見かけしたことがあったのですが……エミリオ様を見るアルヴィン様の表情は穏やかでした」

どうやら兄弟間での気持ちのすれ違いもあるようだ。

「そうですか……それなら、やはりエミリオ様にも計画を手伝ってもらいましょう」

何かのきっかけで兄弟の仲を改善できるかもしれない。レイチェルはそうなるように祈った。

＊＊＊＊＊

夕食の後、レイチェルはハルトの部屋の前に立っていた。

最近ハルトは、アルヴィンを訪ねて王宮に行っているので、その近況を知るためである。チェリーからアルヴィンについて相談を受けている内容を伝える目的もあった。

もちろん、ハルトに話すことはチェリーの了承をもらっている。寧《むし》ろ「お願いします」と丁寧に頭を下げてくれた。

「ハルト、いますか？」

コンコンッと扉をノックし、声を掛ける。

屋敷内で会えば挨拶は交わしていたが、改まって話をするのは、引きこもった彼を部屋から引きずり出して以降、初めてである。

姉弟の溝は埋められたはずだが、レイチェルはなんとなく緊張してきた。

程《ほど》なくしてガチャッと音を立てて扉が開き、ハルトが顔を覗かせる。

「姉上？　どうしたのですか？」

レイチェルの姿を確認すると、ハルトは少し驚いていたが、嫌な顔をせず迎えてくれた。その様子にレイチェルの緊張が解ける。

「ちょっと聞きたいことがあって……部屋に入っても良いかしら？」

姉弟とはいえ、夜に異性の部屋を訪れるのはいかがなものかとも思ったが……前世では弟の部屋に夜中でも遠慮なく入っていたので、〝まぁ、大丈夫かな〟という気持ちに落ち着いた。

「え、ええ、どうぞ……あ、扉は開けておきますね」

ハルトは、戸惑《とまど》った表情で部屋へ入れてくれる。

扉を開けておくのは、やましいことがないという印だ。

レイチェルは、ハルトの紳士ぶりに感心してしまった。

「それで、聞きたいこととはなんでしょう？」

レイチェルが椅子に掛けると、ハルトも向かい側の椅子に座り、用件を尋ねる。

「ハルトは最近、アルヴィン様を訪ねて王宮に行っていますわよね。アルヴィン様のご様子はどうかしらと、思いまして……」

「……気に、なりますか？」

レイチェルの問いに、ハルトの表情が曇《くも》った。

（あら？　何か傷付いた表情に……あ、ハルトは私が婚約破棄されたのは自分のせいと

思っていましたから……私がまだアルヴィン様を気にしてると思っているのかしら)

確かにアルヴィンのことは気になっているが、恋愛とは全く無関係な方向で、である。

変な勘違いをされる前に、早々にチェリーの相談内容を打ち明けたほうが良さそうだ。

そうレイチェルは判断した。

「コーリッシュさんに相談されましたの」

「え？　チェリーさんに？　何を？　どうして、そんな展開に？」

ハルトの疑問は、もっともである。レイチェルとチェリーが仲良く話しているのを見たエミリオも、似たような反応をしていた。

「コーリッシュさんは、アルヴィン様に王族としての自覚がないのは、自分が彼を諫《いさ》めなかったのが原因なんじゃないかと悩んでいて……私に相談に来ましたの」

レイチェルは、前世の記憶や乙女ゲームには触れず、ハルトにざっくり説明する。

「そこで姉上に相談という発想はいかがなものかと、思いますが……」

「すごく悩んだようですよ」

実際、レイチェルを訪ねてきたチェリーは、とても挙動不審だった。

「――でも……あ～、だからあんな表情をしてたんですね」

「えっ？」

何やら一人で納得しているハルトに首を傾《かし》げる。

「アルヴィン様が問題を起こした時に、チェリーさんはいつも、何か言いたそうな顔をしてたんですよ。それで、僕がアルヴィン様を諫《いさ》めるとホッとした表情になっていたなぁと、思い出しまして……それで、姉上になんとかしてほしいとお願いしてきたんですか？」

「〝協力〟してほしいという相談でしたわ。今後のことを考えると、彼女にはアルヴィン様を諫《いさ》めることができるようになっていただかないと困りますしね」

王を諫《いさ》めるのは王妃や臣下の役割である。

「今のままのアルヴィン様に王になられたら困ります。ですから、協力することにしたのですよ。ハルトも〝アルヴィン様を諭《さと》す〟と言っていたでしょう。協力してもらえないかしらと思いまして……それで、アルヴィン様のご様子を尋ねたのです」

「そういうことなら、僕も力をお貸しします。ただ、最近のアルヴィン様は、僕のことを避けてますが……」

「なぜハルトを避けているのです？　私の弟だからでしょうか？」

もしそうであるのならアルヴィンは、かなり心の狭い男である。

「いえ……おそらく、僕が色々と耳の痛いことを申し上げたのが原因だと思います。『お前もチェリーも、なぜ俺の味方をしないんだ』とおっしゃられ、それ以来避けられているので」

レイチェルの弟だからという理由ではなかったが、どちらにせよ心が狭い。

「本当に駄目王子ですわね……」

「姉上、心の声が聞こえていますよ」

思わず漏れた呟《つぶや》きに、ハルトがツッコミを入れた。

レイチェルは慌《あわ》てて咳払《せきばら》いをし、話題を変える。

「と、ところで、アルヴィン様とエミリオ様の仲はギクシャクしてますの？　あまりお話ししている姿を見たことはありませんが……」

エミリオはアルヴィンから嫌われていると言っていたが、アルヴィンは嫌っていないように見えるというチェリーの言葉もある。

レイチェルやチェリーよりも、アルヴィンの側にいることの多かったハルトのほうが、そのあたりは詳しいかもしれない。

「ギクシャクしてると言えば、しているのかもしれませんね……」

ハルトははっきりとしない返答をする。

「アルヴィン様はエミリオ様を嫌ってますの？」

「いえ、それはないと思いますよ。前に〝兄上のほうが王に相応《ふさわ》しいのに〟とか〝兄上は優しいのに、皆分かってない〟とか呟《つぶや》いていらっしゃいましたから。ただ、エミリオ様とどう接したら良いか、お分かりになっていらっしゃらないようで……必要最低限しか会話なさらないですね」

要するにお互いの思いがすれ違っている状態だ。それは、先日までのレイチェルとハルトの関係を彷彿《ほうふつ》とさせた。

「姉上、それもチェリーさんが言っていたのですか？」

「いいえ、エミリオ様が〝弟に嫌われているようだ〟とおっしゃったので……コーリッシュさんは〝そうは見えない〟と。実際はどうなのかしらと不思議になったのです」

「そうだったんですね。ところで、姉上は個人的な話をするくらいエミリオ様と仲が良いのですね……。あの噂は本当だったのか……」

ハルトが最後にボソッと呟《つぶや》いた言葉を、レイチェルは聞《き》き逃《のが》さなかった。

「噂？　なんの話ですか？」

「あ……僕、声に出してましたか？」

しまったというような表情で、ハルトは言う。

「ええ。で、噂とは？」

「あ～、姉上とエミリオ様が図書室で……その……あ、逢い引きをしていたと……」

「逢い引きですって!?」

恥ずかしそうにレイチェルから目を逸《そ》らし、ハルトが言葉を紡ぐ。

他人事であれば、頬を染める弟を「純情ですね」とからかいたいところであるが、自分のことなので、それどころではない。

「違うのですか?」

「図書室で会ったことでしたら、偶然ですわ!」

あの日、図書室でエミリオに会ったのは本当に偶然だった。しつこい男子生徒や怪《あや》しい勧誘から逃げて、たまたまたどり着《つ》いた先に彼がいたのだ。

エミリオへの恋心を今日自覚したばかりなのに、あの時点で逢い引きも何もない。

(ああ、エミリオ様への想いはとりあえず、後で落ち着いてゆっくり考えようと思っていましたのに……)

彼のことを考えると身悶《みもだ》えしそうだったので、レイチェルは考えないようにしていたのだ。

「あの……姉上、顔が赤いですよ」

ハルトに指摘されるまでもなく、顔に熱が集中していることはレイチェルにも分かった。きっと耳まで赤くなっているだろう。

「大丈夫ですわ。ハルト、貴重な情報ありがとうございました。こ、これから、アルヴィン様を立派な王にするために力を合わせましょうね！　では、そろそろ部屋へ戻りますわ」

口早にそう言うと、レイチェルはハルトの部屋を後にしたのだった。

＊＊＊＊

レイチェルは座り込み考えていた。

「――ーい」

前世でも恋をしたことはあったはずだ。

でもそれは、幼なじみの延長のような想いで、〝他の男子よりも好き〟くらいの感情だったと、気が付く。

記憶を取り戻す前のアルヴィンへの恋心も、今のエミリオへの気持ちとは全く違うものだ。

「――おーい」

チェリーの指摘でエミリオへの気持ちを自覚したのは良いが、これからどうするのが正解か、レイチェルには分からない。

ネックレスをつけるためにほんの少し触れられただけで、レイチェルの心臓はドキドキしすぎてどうにかなりそうだったのだ。

「なんじゃ、この既視感。前にもあったな……レイ、いい加減に我を無視するでない！」

「あっ、ごめん、リア様っ」

リアの声に驚き、レイチェルは慌《あわ》てて返事をした。

初めてリアに会った――まだ玲だった時に同じやり取りをしたのを思い出す。あの時は途中からリアの声が聞こえていたが、現実逃避したくて聞こえないフリをしたのだ。

しかし、今のは本気で聞こえていなかった。

「全く、自分の気持ちに気が付いたのであれば、サッサと相手に想いを伝えれば良いだけの話ではないのか？」

レイチェルが悩んでいる内容などお見通しなのか、あっさりとリアが言う。

けれど、それは恋愛初心者のレイチェルにはハードルが高すぎた。

まず、今度会った際に、まともにエミリオと目を合わせられるかすら怪《あや》しい。

「そんなものかのぅ……人間の感情は難しいの」

相変わらず口にしていないのに、リアはレイチェルの考えを読み取る。

「そんなこと言ったって……リア様は恋をしたことはないの？」

レイチェルは、ふと気になって聞いてみた。

神が人間と恋愛するマンガを読んだことはあるが、実際のところはどうなのだろうか。

「そんな感情は我には不要じゃ……ひ、引きこもりだからとかじゃ、ないからのっ！」

言い訳のようにリアが叫ぶ。

「そっか、リア様は恋愛経験ないんだね。じゃあ、仕方ないか……」

「その言い方は、何かムカつくの……」

リアがレイチェルをジト目で睨《にら》む。

「しかし、おぬしから事《こと》を起こさねば、進むものも進まぬかもしれぬぞ。エミリオはエミリオで、長年『自分は幸せになる資格はない』とか思ってそうじゃから……まぁ『闇の帝王』じゃし、仕方ないが……」

「『闇の帝王』？」

エミリオが闇属性なのは知っていたが、そのような中二病的な称号は初めて耳にした。

「そうか、おぬしが見た雑誌には載ってなかったのか……エミリオのルートでは、彼はそう呼ばれるんじゃよ」

「え……!?　ちょっと待って。ルートって、エミリオ様、攻略対象なの？」

雑誌には、アルヴィンの兄で闇属性であるとしか書かれていなかった。

「何を言っておる！　『容姿端麗《ようしたんれい》』『王子』『闇属性』！　これだけの条件が揃っておって、モブなわけあるまい！　エミリオは、全ルート攻略後に解放される隠しキャラじゃ！乙女ゲームの鉄板であろう！」

リアがスゴい勢いで力説するが、そもそもレイチェルは乙女ゲームをプレイしたことがない。『鉄板であろう！』と言われても、反応に困った。

もっとも確かに、エミリオがモブ扱いのほうが違和感半端《はんぱ》ないのも事実である。

「孤独とか悲しみとか、負の感情が積もり積もって魔力暴走を起こした結果、『闇の帝王』と呼ばれるようになるのじゃが……。まぁ、今のエミリオなら、そうならぬだろうな」

レイチェルを見ながらリアは言う。

「なんでそう断言できるの？」

エミリオの魔力が暴走することなど起こってほしくはないが、ふとした彼の表情の中に諦観《ていかん》や悲しみが浮かんでいるのをレイチェルは知っている。絶対にないと断言はできない。

「それは、おぬしが前世を思い出したおかげで、ゲームとはシナリオが変わったから、と言っておこう」

「本当に？　……良かった」

レイチェルは安堵《あんど》する。

――レイチェルの存在がエミリオの孤独を埋めていることと、彼がレイチェルに対して恋心を持っていることに、リアは気付いていた。

両想いなのだから、早く告白してくっ付いてしまえば良いのにと思っているのだが、レイチェルはエミリオの気持ちを知らないため、そう簡単に話は進まない。

焦《じ》れったいこと、この上ない。

「悩んで、考えて……短い時間を精一杯生きるのが人間というものか……」

リアは寂しそうに小さく呟《つぶや》く。

「リア様、何か言った？」

声が小さすぎて、レイチェルは聞き取れない。

「いや、なんでもない。まぁ、恋愛とやらを楽しむが良い」

リアは、そんなふうにアルヴィンの件ではなく、エミリオとの恋愛を応援してくれたのだった。

第五章　アルヴィン更生計画

学園での授業を終えた後、レイチェルとチェリーは、再び魔術協会の一室を訪れていた。

「チェリーさん、考えてきましたか？」

実は、この間の帰り際に〝アルヴィンの長所と短所について〟互いにまとめてみようと打ち合わせていた。

先日は話が脱線してしまい前に進まなかったため、互いに意見を考えてきてから話したほうが良いだろうと、レイチェルが提案したのだ。

因《ちな》みに呼び名については、チェリーから『名前で呼んでいただきたいです。駄目ですか？』と上目遣いで言われ、うっかり母性本能がくすぐられたレイチェルが承諾し、今に至る。

元々、心の中では名前で呼んでいたので、家名で呼ぶのは実はわずらわしかった。内心、喜んでいる。

それに、名前を呼んだ時、チェリーがものすごく嬉しそうにしてくれるのも、好印象だ。

「はい、レイチェル様」

チェリーは鞄《かばん》から小さな可愛らしいノートを取り出し読み始めた。

「まず長所は、優しくて剣が強い。短所は、勉強嫌いなところと、少し気が短い」

レイチェルはその意見に疑問を持った。

婚約者時代、アルヴィンに優しくされた記憶はほとんどない。いつもレイチェルと接する時のアルヴィンは不機嫌そうだった。

それに、剣が強いのは、いつも勉強をサボっては剣や弓の訓練場に乱入し、一緒になって訓練していたからだ。

また、短所の、少し気が短いの〝少し〟は要らない。

「あと一緒にいて思ったのは……親しい人に対しては関心を寄せているのですが、それ以外の方とは、どこか一線を引いている感じがします」

「そうですわね……」

今は味方がいない状況に不貞腐《ふてくさ》れているようだが、確かにチェリーやハルトなど、自分と親しい者とは友好的である。逆にそれ以外の者とは……当たり障《さわ》りのない関係に見えた。

「では、次は私ですね。短所については、チェリーさんの考えに追加して『傲岸不遜《ごうがんふそん》』

『傍若無人《ぼうじゃくぶじん》』『軽佻浮薄《けいちょうふはく》』といったところでしょうか。長所については……すみませんが、思い付きませんでした。昔はもう少しマシな性格だった気もするのですけれど……」

今のアルヴィンのような、〝短所限定四字熟語〟な王子だったら、いくら命の恩人だといっても、レイチェルが好意を抱《いだ》き続けることはなかっただろう。

「『けいちょうふはく』……？」

意味が分からなかったようで、チェリーが首を傾《かし》げる。

「軽はずみで考えが浅はかという意味ですわ。とりあえず、アルヴィン様にはもっと視野を広く持っていただきたいですわね」

親しい者以外に関心を寄せないのは、大変よろしくない状態だ。今のままのアルヴィンが王位を継承してしまっては、国民が迷惑する。

「問題は、どうすれば改善されるのか……ですよね」

「そうですわね」

もっとしっかりしろとアルヴィンに伝えることは簡単だが、それだけで変わるとは思えない。実際に行動を変えさせるために、何ができるかが課題である。

「あ……あの、〝市井《しせい》の生活を体験してみる〟というのは、どうでしょうか？　……何度かアルヴィン様のお忍びについていったことはあるのですが、貴族階級の町ばかりで下町に向かったことはないのです」

控《ひか》えめにチェリーが提案する。

「それは、良い考えかもしれませんね」

奴隷廃止法やその他の政策により、この国ではスラム街と呼ばれる場所もかなり環境改善されている。ただ、まだまだ治安が良いとは言えないのが現状だ。

実際の国民の暮らしを見ることで、アルヴィンが変わるきっかけになるかもしれない。

「では、アルヴィン様に下町の生活を見て……実際に体験していただきましょう」

こうしてアルヴィン更生計画の第一段階は〝市井《しせい》の生活を体験してもらう〟方向で決まった。

さて、計画を実行に移すには準備が必要である。

相手は一応、王位継承順位第一位の王子だ。勝手に連れ出すのはまずい。

いくら本人が普段城を抜け出して城下に行くことがあると言っても、それはそれ。問題が起これば、同行する予定のチェリーが責任を問われてしまう。

「まずは王様に話を通しておく必要がありますね。私かハルトが王様に謁見して参りますわ」

レイチェルはしっかりと請けあった。

帰宅後、ハルトに計画について話す。

「姉上も、アルヴィン様と一緒に市井《しせい》に行かれるのですか？」

ハルトは心配そうな顔をしたが、レイチェルが陰ながら様子を見るつもりであると説明すると、ホッとした表情になった。

前世を思い出す前の、どこか距離のある姉弟関係が嘘のようだ。

それはともかく、王への謁見についてはハルトも「それが妥当でしょうね」と言った。

『そこまでレイチェル様に頼るのは、申し訳ないです！』とチェリーは慌《あわ》てていたが、公爵家の者のほうが、王との謁見手続きは簡単だ。

チェリーはアルヴィンの恋人であるが、現段階ではただの〝王子と仲の良い男爵令嬢〟である。王に謁見するためには、相当数の段階を踏む必要がある。

それに、チェリーでは、緊張しすぎて上手《うま》く説明できないということも有り得る。

そう指摘すると、チェリーは言いよどんだのだ。

どう考えても今の彼女では、王と謁見できたとしても挙動不審になるのが目に見えていた。

それも、レイチェルかハルトが行くと言った理由の一つだった。

レイチェルに対しては同じ転生者ということもあって、普通に話せているが、学園で他の生徒と話しているチェリーは、緊張しているのが見え見えだ。

それに父、リアムにも伝えておいたほうが良い。もしかしたら、宰相である父に助けてもらえるかもしれなかった。

その代わり、チェリーにはアルヴィンについて一緒に市井《しせい》見学に行ってもらうことにした。

その計画も立てないといけない。

アルヴィンは相変わらずレイチェルを避けているようで、全く姿を見かけないため、そちらの役目は代われない。

レイチェルのほうもパティに対する暴言をまだ怒っているので、強い口調で話してしまいそうだ。ギスギスした空気になることが容易に予測される。

「そういえば、最近のアルヴィン様はどうされていますか？」

ついでにハルトに尋ねてみる。

「えっと、そうですね……最近は何やら考え込んでいることが多い気がします」

休み時間はチェリーと一緒に過ごすことが多いらしいが、彼女との会話中ですら上の空のことがあるという。

「何を考えているのか、今度聞いてみるのもいいかもしれませんね……チェリーさんに聞いてみてもらうよう頼みましょう」

婚約破棄からこれまでのレイチェルやチェリー、ハルトの言葉で少しはアルヴィンなりに考えることがあったのなら良いのだが……レイチェルはそう願った。


その日の夜、レイチェルはリアムに計画の話をし、王と謁見したいと頼んだ。

「分かった、王には話しておく」

そう言った父の表情は、相変わらずの無表情であったが、「なぜ、あのアホ王子のために、レイチェルが力になってやらねばならんのだ」と、不満に思っていることが分かる。

部屋の温度が心なしか下がった。

父親としてはアルヴィンにかかわらせたくないという思いがあるのだろう。

だが、そのアホ王子が王位継承者であることを考えると、宰相としてはレイチェルの計画を了承せざるを得まい。

リアムは従者に「旦那様、感情が駄々漏れですよ」と窘《たしな》められていた。

翌日、さっそくレイチェルは王宮を訪れる。

結局ハルトには、レイチェルとアルヴィンが鉢合わせしないよう、学園でチェリーと一緒に時間稼ぎをしてもらっている。

（そういえば、王宮を訪れるのは久しぶりですわね）

婚約解消の手続きは、父がしてくれたため、レイチェルは王宮を訪れていない。

「ヘーゼルダイン公爵令嬢、レイチェル様です」

謁見室にたどり着《つ》くと、案内してくれた秘書官がレイチェルの来訪を告げる。すぐに中から「入れ」と返事があった。

秘書官が開けてくれた扉を潜《くぐ》ると、背後で重々しい扉が閉じる音がする。

室内には臙脂色《えんじいろ》の絨毯《じゅうたん》が敷かれ、さりげなく高級な調度品が置かれている。そして、数段ある階段の先の玉座に、金髪碧眼《きんぱつへきがん》の四十歳前後の美男が座っていた。

「この度は、突然の謁見をお許しいただき、感謝いたします」

レイチェルは、この国の王、ギルバート・ランドールに完璧な淑女の礼をとる。

「リアムから話は聞いている……アルヴィンを市井《しせい》に連れ出す許しだったな？」

「はい。アルヴィン様には是非とも市井《しせい》の生活に直《じか》に触れていただきたいと思いまして。よろしいでしょうか？」

リアムが事前に大まかな説明をしてくれたようで、話が早い。

「良い。あれには、そろそろ後継者としての自覚を持ってもらわねばならんからな。あまで愚《おろ》かなアホだと気が付かなかった私にも責任がある……すまない。君には不快な思いをさせてしまったな」

眉間にしわを寄せながら王が言う。

おそらく婚約破棄事件や、その後の騒ぎについて思い出しているのだろう。

「いえ、あの件については良いのです。私にも至らないところがありました。ただ、アルヴィン様には王位継承者としての自覚を持っていただかないと困ります……微力ながら、そのお手伝いをさせていただきたいと思っておりますの。それにコーリッシュ男爵令嬢とは婚約の内定がなされたと父から聞いております。彼女の成長を促《うなが》すことができればとも、思いまして……」

今朝、学園に行く前に、リアムからアルヴィンとチェリーの婚約が内定したと聞いた。

この計画のメインはアルヴィンの意識改革であるが、レイチェルはチェリーの成長も目論《もくろ》んでいる。

アルヴィンの婚約者に正式に決まれば、チェリーは様々な人とかかわっていかなければならない。緊張すると挙動不審になるのでは困る。

幸いなことにチェリーは、自分の立場や得手不得手をきちんと理解しているので、あとは他人との接触に慣れれば良いだけだ。

(前世を思い出す前の自分《レイチェル》にも贈りたい言葉でもありますわね……)

無表情で、内向的で、アルヴィンの行いを正すことができなかった過去の自分。

そんな自分がチェリーにとやかく言うのは虫が良すぎる……けれど、変わろうと努力している彼女を後押ししてあげたい。

「――そこまで考えてくれているのだな……」

王は何やら感動したようだ。

「臣下として当然のことでございます――それでは、失礼いたしま……」

「そういえば最近、エミリオと親しくしてくれているようだな」

謁見室を出ようとしたレイチェルに、王は思い出したように尋ねてきた。

「――っ、はい、エミリオ様には、大変お世話になっております」

エミリオの話題が出ると思っていなかったため、レイチェルは一瞬返答に詰《つ》まる。

「そうか……」

王は安堵《あんど》したように呟《つぶや》いた。

その表情は、時折エミリオが見せる微笑と似ている。

「あれは属性のせいで様々なことを諦めているようだったが、最近は何やら表情に活気があるというか、あんなふうに笑っているのを見たのは久しぶりだった……君と親しくしていると聞いてな。君は闇属性でも気にせず、エミリオと接してくれているのだろう？」

どこか王は心配そうにレイチェルに尋ねた。

「エミリオ様はエミリオ様ですわ。闇属性など関係ありません」

レイチェルはきっぱりと言い切る。

「〝闇属性など関係ない〟か……そう言ってくれる者がいるのはありがたい。闇属性に対する意識をどうにかしたいが……長年民衆の中に根付いてきた思いを変えるのは難しくてな。だから、君やウォルトのように、魔力の属性ではなくエミリオ自身を見てくれる者のいることを嬉しく思う——私は、自分の子一人幸せにできない不甲斐《ふがい》ない父親だ。アルヴィンのことも、あんなふうになる前に気が付けなかったのは私の落ち度だな」

視線をレイチェルから逸《そ》らし、王は溜息《ためいき》をつく。

そこにいるのは一国の支配者ではなく、悩める父親だった。

アルヴィンについて「王位継承者としてしっかり教育してほしい」という思いはある。

しかし、王にそんなことを直接言う勇気は、レイチェルにはなかった。

「エミリオ様は、王様の気持ちを分かっていらっしゃると思います。以前、〝両親は弟《てい》妹《まい》たちと分け隔《へだ》てなく愛してくれている〟とおっしゃっていましたから」

そう語った時のエミリオの表情は穏やかで、エミリオが両親を愛しているのが見て取れた。

「そう……か、エミリオは分かってくれているか」

レイチェルの言葉を反芻《はんすう》しながら、王は目を閉じる。心なしか、その声は震えていた。

「私の弱音に付き合わせてすまないな。これからも、息子たちのことをよろしく頼む」

しばらくして顔を上げ、そう言った王は、いつもの威厳ある表情に戻っていた。

「仰《おお》せのままに」

レイチェルはもう一度淑女の礼をして、今度こそ謁見室を後にしたのだった。


謁見室を出たレイチェルは、帰宅する予定であった。

王宮の出口まで歩きながら考える。

（ドレスが重いですわね……）

王に謁見するため、レイチェルは普段は着ないきちんとしたドレスを身につけていた。

父は「制服でも良い」と言っていたが、王に誠意を見せたくて着替えたのだ。

銀髪が映《は》える濃紺《のうこん》のドレスである。

行きは意気込んでいたため距離を感じなかったが、謁見が終わった今、出口までの距離がとても長い。

「見て、レイチェル様よ。アルヴィン様との婚約はなくなったはずなのに……なぜ、王宮にいるのかしら？」

「王様に不服を申し立てにいらしたとか？」

ドレスの重さに辟易《へきえき》しながら歩いていると、ボソボソと話す声が聞こえてくる。廊下の端に控《ひか》えている侍女が、レイチェルを盗み見てコソコソと話していた。

（ああ、そういえば世間では、私〝王子に婚約破棄された令嬢〟でしたわね）

学園では話題にされることがほとんどなかったため、すっかり忘れていた。

「でも、あの方がアルヴィン様と結婚なさっていたら、私たち〝鉄仮面の氷姫〟に仕《つか》えなくちゃいけなかったのね……」

（――〝鉄仮面〟ですって⁉）

世間の評価を気にしても仕方がないと、通り過ぎようとしたレイチェルだったが、聞き捨てならない単語に足を止める。

〝氷姫〟と呼ばれていたことに関しては「なんだか冷たい感じだけど、まあ響きが可愛いから良いか」と思っていたが、〝鉄仮面〟はよろしくない。

前世を思い出す前は無表情だったことは認めるが、その呼び方は嫌だ。

「……〝鉄仮面の氷姫〟というのは、私のことですか？」

レイチェルは侍女たちに近付くと、にっこりと笑顔で問う。

「――ひぃっ、すみません、レイチェル様！」

「失礼いたしました‼」

侍女たちが表情を凍りつかせる。そしてガバッと頭を下げて謝罪したかと思うと、バタバタと足早に逃げていった。

「まったく、王宮の侍女ともあろう者が……教育が行き届いていませんわね。まぁ、女性は噂話が好きですから、仕方ないのかもしれませんが」

前世の母が、昼のワイドショーや週刊誌を見て「あの女優と俳優が破局した」とか「国民的アイドルグループの一人が人気俳優と熱愛」だとか、楽しそうに話していたのを思い出す。

溜息《ためいき》をついて、再び出口に向かって歩こうとしたところで、視界の端に見知った姿を見つけた。

「エミリオ様」

通路の先にエミリオの後ろ姿が見える。

レイチェルは思わず名前を呼んでいた。

立ち止まったエミリオは周囲を見渡し、レイチェルに気が付く。そして、少し驚いた表情になった。

「……え？　レイチェルさん？　どうして王宮《ここ》に？」

そう言って、レイチェルのほうへやってくる。

「今日はずいぶん改まった出で立《いた》ちですね。……ああ、父に会いに来たのですか？」

レイチェルのドレスを見てすぐに、状況を把握《はあく》したエミリオだった。

「ええ、先日チェリーさんと話をしまして、アルヴィン様に市井《しせい》の生活を体験してもらおうということになったのです。それで、王様に許可をいただきに」

チェリーと計画の詳細を決めた後、エミリオには会う機会がなかったので、計画についての話をまだしていない。

ざっくりと説明すると、「そういうことですか」とエミリオは納得したように頷いた。

「ところで、お出掛けになる際、アルヴィンとチェリーさんの護衛はハルトさんがするのですよね」

「はい、その予定ですわ」

もしアルヴィンに何かあった時、もしくはアルヴィンが問題を起こした時、チェリーだけでは対処しきれない。

「では……貴女《あなた》の護衛はどなたがするのですか？」

「私の護衛？　そういえば、考えていませんでしたわ」

あっさりと答えたレイチェルに、エミリオが顔をしかめる。

「もう少し、危機感を持ってください……貴族の女性が一人で町を歩くのは、危険すぎます」

「すみません」

エミリオのもっともな忠告に、レイチェルは首をすくめ、素直に謝った。

「私が付いていくわけにもいきませんし……あ……」

「エミリオ様？」

何かを思い付いたようなエミリオの様子に、レイチェルは首を傾《かし》げる。

「護衛について心当たりがありますので、町に行く日が決まったら、教えていただけますか？」

「え？　ええ、分かりましたわ」

エミリオの口ぶりからして、誰かに護衛を頼んでくれるようだ。

「どなたですの？」

「まだ了承してくれるか分かりませんし……当日のお楽しみです」

（エミリオ様……その表情は反則です）

誰に護衛を頼むのか気になるけれど、エミリオにいたずらっぽい笑顔でかわされ、レイチェルはそれ以上聞けなかった——というよりも、エミリオの表情に内心動揺して、それどころではなかったというのが正しい。

その動揺が彼に伝わってしまうのではと焦《あせ》ったレイチェルは、急いでエミリオと別れた。


さて、王の許可を得て、いつでも計画を実行に移せる状態になった。

「まずはどこへアルヴィン様を連れていくかを考えなければいけませんね。いきなりスラム街ではハードルが高いというか、危険がありすぎますし、ただ商店街に行くだけでは、刺激が少ないでしょうし……」

レイチェルが悩んでいると、チェリーが提案してくれる。

「孤児院はどうでしょうか？　私、学園に編入する前には、時々近所の孤児院に行って、子どもたちと遊んでいたんです。そこなら、危険は少ないと思いますし……バザーに行く日と重なれば、町に売り物を持っていく経験もできます」

「孤児院ですか……いいですね。子どもたちとの触れ合いも、良い刺激になるかもしれませんわ」

レイチェルが知る限り、アルヴィンが子どもと接したことはない。

もしバザーの体験があれば、民の生活を間近で見ることもできて大変良い考えだ。

「では、院長先生に聞いてみますね！」

学園編入後も、チェリーは孤児院の院長と手紙のやり取りをしているという。

レイチェルは彼女に日程の調整を任せることにした。

翌々日、孤児院の院長から許可をもらえたと、チェリーから連絡がある。しかも、泊まり込みでも良いらしい。

「それでは、あとはアルヴィン様に話をするだけですね。大丈夫でしょうか、行かないと言われたら……」

「チェリーさんの頼みなら快《こころよ》く了承しそうですけど。もしごねるようなら、『思い出の場所をアルヴィン様に知ってもらいたい』と言ってみてください」

不安そうなチェリーに、レイチェルはアドバイスする。

もっともチェリーの心配は杞憂《きゆう》に終わったようで、拍子抜けするくらいあっさりと「孤児院か、分かった、行ってみよう」と言っていたと、翌日報告があった。

数日後の良く晴れた休日。

今日は〝更生計画第一段階・アルヴィンに市井《しせい》の生活を体験してもらおう！〟の決行

日である。

既《すで》にハルトは、チェリーと共に王宮に向かっている。

レイチェルはというと、パティが用意してくれた町娘が着るような簡素な服に着替えていた。いつものドレスとは違い、大変動きやすい。

「知り合いのパン屋さんの娘さんに借りた服なのですが、お嬢様が着ると、町娘に見えませんね」

パティが複雑そうな表情をする。

こっそりアルヴィンたちの様子を観察したいので、町娘に見えないと困るのだが、確かに鏡に映ったレイチェルは町娘には見えなかった。

透き通った白くキメの細かい肌、つやつやの髪。普段手入れをしてくれているパティたち侍女の努力の賜物《たまもの》が、弊害《へいがい》になるとは思ってもみなかった。

これは、想定外だ。

こうなったらなるべく人がいない場所を選んで、アルヴィンたちを見守るしかない。動きが制限されるが仕方がなかった。

「そういえば、ハルトはアルヴィン様の護衛に付くのだろう？　レイチェルは、うちから護衛を連れていくか？」

鏡に映った自分の姿を見ながら、レイチェルが悶々《もんもん》と悩んでいると、リアムが話し掛けてきた。

「いえ、私の護衛に関しては、エミリオ様が心当たりがあるとおっしゃっていましたので、大丈夫ですわ」

今日が決行日であることを、エミリオには伝えてある。

「当日の朝、こちらの屋敷に来ていただいて良いですか？」と地図を渡されていた。

「そうか、エミリオ様が手配してくださるのなら、心配ないだろう……ああ、この家の者なら、確かに問題ないな」

エミリオから渡された地図を見せると、リアムは頷き、それ以上何も言わなかった。

結局、護衛が誰なのかは分からずじまいである。しかし、エミリオのことは信頼しているし、父も問題ないと言っているので、大丈夫なのだろう。

そうレイチェルは判断し、馬車に乗り込んだのだった。そして、屋敷にたどり着《つ》く。

「ここですわよね？」

滅多に外に出ることがなかったレイチェルは、その屋敷が誰のものか分からなかった。家紋の形から、伯爵家であると推測する程度である。

レイチェルが門の横に馬車を付けると、前に停めてあった馬車からエミリオが出てきた。

(やはり、エミリオ様の馬車でしたのね)

飾りけがない簡素に見える馬車には、よく見ると精巧な模様が描《えが》かれている。

「レイチェルさん、おはようございます」

「おはようございます、エミリオ様。えっと、こちらのお屋敷は?」

「ここは私の知人の家ですよ……レイチェルさんもご存じのはずです」

「知人?」

レイチェルの知るエミリオの知人――すぐにある人物の姿が浮かんだ。

「あ〜。おはよう〜。王子とお嬢さん」

玄関からではなく門の横から、レイチェルもよく知っている、その人物が現れた。眠たいのか、語尾がいつにも増して間延びしている。

「ここはハネスト伯爵家――ウォルトの実家ですよ」

緊張感のない様子で現れたウォルト。眠たそうな分、いつもよりさらにチャラそうに見える。

「えっと……エミリオ様、護衛というのは、ウォルトさんのことですか?」

この状況ではその可能性が高い気がして、レイチェルはエミリオに尋ねた。

「はい。ウォルトにお願いしました」

いつものように穏やかな笑顔で、エミリオがそう返す。

「……」

「あ、お嬢さん、僕じゃ頼りないとか思った～？」

ウォルトがレイチェルの無言の意味を的確に言い当てる。

白衣姿がお馴染《なじ》みのウォルトが護衛をする姿など、レイチェルには全く想像できなかった。

目的地が孤児院のため危険は少ないだろうが、大丈夫なのだろうか？

「大丈夫ですよ、レイチェルさん。ウォルトの家――ハネスト家が騎士を多数輩出しているのは知っていますね？」

「はい、それは知っていますが……」

その一族の中で、異例なのが魔術協会で働くウォルトだ。

「ハネスト家の子どもは皆、騎士になるために物心付く頃から鍛練《たんれん》を始めるのですよ。ウォルトも、体術・剣術・弓など一通り修《おさ》めているんです。護衛としての強さは保証しますよ。兄弟の誰よりも強いですからね」

見た目は全く強そうに見えないが、本当だろうか？

確かウォルトには兄が二人と弟が一人いたはずだ。この前、魔術協会で会った時に聞いた。しかも、どちらの兄かは分からないが、騎士団長補佐だったはずである。

「兄弟の誰よりも強い……それなのに、魔術の道へ進んだんですか？」

「僕は武術よりも魔術のほうに興味があったんだよね～。よく鍛練《たんれん》を抜け出して魔術協会に行って、父に怒られたな。それで鍛練《たんれん》増やされてさ～、そのせいで強くなったってのもあるかも……。魔術協会に就職するって決めた時には、泣かれたし～」

昔を思い出したのか、しみじみとウォルトが言う。

「そんな過去があったとは……失礼いたしました」

人は見かけによらないものだ。

見た目で誤解されていた過去の自分を思い出し、レイチェルは反省した。

「良いよ～、昔より腕が落ちてると思うし。それにしても、まさか自分が誰かの護衛をする日が来るとは思わなかったよ」

「たまには身体を動かしたほうが良いですよ」

いつも引きこもってばかりなんですから、とエミリオに言われている。

「ん～、確かに最近は研究室にこもりっきりだったたし、気分転換になるかなぁ。何より、滅多にない王子の頼み事だしね。喜んで引き受けさせてもらうよ～。お嬢さん、よろしく。それにしても、お嬢さんの格好……町娘には見えないね。どう見ても貴族の令嬢がお忍びで町娘に扮《ふん》してます、って感じなんだけど……」

「私もそう思いますわ……」

やはり身内以外が見てもそう見えるようだ。

「確かに町娘には見えませんが……レイチェルさんは、何を着ても可愛らしいですね」

エミリオがコメントに困る発言をする。

「あ、ありがとうございます」

とりあえずお礼を言うが、顔が赤くなっている気がする。エミリオへの気持ちを自覚した分、言葉一つで今までよりもドキドキしてしまう。

「そ、それにしても、町娘に見えないとは困りますわね……目立ってしまうと、アルヴィン様に気が付かれてしまう可能性がありますし」

赤い顔を誤魔化すように、話題を変える。

「貴族がお忍びで町に来てるの、結構見かけるし大丈夫じゃない？　子爵とか伯爵の令嬢は結構やるみたいだよ～。いかにも貴族令嬢って子が一人で町に行くのは危ないし目立つけど、護衛がいるならそんなに珍しくないと思う。それに、流石《さすが》に公爵家の令嬢が町に来ているとは思わないんじゃない？」

お忍びで町に出る令嬢は少なくないらしい。

レイチェル自身は、父の視察に付いていったことはあったが、お忍びで行動するなんてしたことがなかったため、世の中の令嬢の行動力に驚く。前のレイチェルが極端に引きこもりだったからかもしれないが……

「そうですの？　じゃあ、堂々とお忍びすることにしますわ！」

「くっ、堂々とお忍びって……やっぱり、お嬢さんって面白いねぇ」

レイチェルの宣言をウォルトが笑う。エミリオのほうを見ると、背中を向けていたが肩が揺れていた。

「エミリオ様まで……」

「す……すみません。あまりに可愛らしい宣言だったもので……。気を付けて行ってきてくださいね。ウォルトも、レイチェルさんをよろしく頼みましたよ」

「任せといて～」

気の抜けるようなウォルトの声に、レイチェルは脱力する。

「じゃあ、行ってくるね、王子――あ、そうそう大事なことを忘れてた」

レイチェルに続いて馬車に乗り込もうとしたウォルトは、思い出したようにエミリオのほうを振り返った。

「どうしました？」

「はい、これ王子にあげる」

そう言って鞄《かばん》をゴソゴソと探《さぐ》り、小さな袋を取り出すとエミリオに渡す。エミリオは、反射的にそれを受け取った。

「これは？」

「うん、後で開けてみて～、使うかどうかは王子次第だけど。……ねえ王子、お嬢さんの護衛、本当に僕で良かったの？」

ウォルトは意味深な質問をエミリオに投げかける。

「人選は間違ってないと思ってますが——どうしてですか？」

「ん～聞いてみただけ？　じゃあ、言ってくるね」

ウォルトはエミリオに曖昧《あいまい》に返事をした後、何事もなかったかのように今度こそ馬車に乗り込んだのだった。


「お嬢さんってさ、アルヴィン王子に婚約破棄されたんだよね？　それも公衆の面前で」

馬車に乗ってしばらくして、ウォルトはそんな質問をしてきた。

「ええ、されましたわね……公衆の面前で、一方的に」

前世を思い出す二日前の出来事だが、しっかりレイチェルの記憶に刻み込まれている。

「今でも少しはアルヴィン王子のことが、好きだったりするの？」

「まさか！　そんな気持ちは全くないですわ！　できれば、かかわりたくないくらいです」

あの頃のレイチェルはアルヴィンが好きだった。

彼の心がレイチェルから離れていることは知っていたが、あのような仕打ちをされるとは思わず、かなりショックを受けたものだ。

しかし、前世を思い出した直後——まだレイチェルと玲の感情が入り混じっていた時に、第三者的な立場で状況を見て……アルヴィンへの好意は吹き飛んでしまった。

幼少からの付き合いなので、心の底から憎むことはないが、それでも「好き」という感情はもうない。

「……そんな相手のために、よく色々計画を立てて、立派な王になれるように協力とかできるよねぇ……お人よしなの？」

言外に「お馬鹿さんなの？」と言っているような気がしたのは、きっと気のせいではない。

「それは……この国で生きていくのに、必要なことですから……愚王が統治する国なんて、最悪じゃありませんか？　一番困るのは王ではなく、民ですもの。その民の中には自分も含まれますのよ？　他人事ではありませんわ」

「あぁ～、そうだねぇ……あの王子様って自分に甘い人の話しか聞かない王とかになりそう。そうなったら、最悪だろうねぇ」

ウォルトは未来を想像してか、遠い目をした。

甘言《かんげん》しか受け入れられない王――そんな王が統治すればどうなるか……想像するだけで嫌になる。

真剣に王に向き合う者が馬鹿をみるようになっては救いようがない。

「そうでしょう！　というか、ウォルトさんが、こんなこと聞いてくるなんて珍しいですわね」

ウォルトと二人っきりで話をするのは初めてだ。いつも軽い調子で話して去っていくため、あまり他人に興味がないのかと思っていた。

若くして属性管理局局長だったり、騎士団長補佐の兄より強かったりとすごい人だが、チャラさがそれを打ち消してしまうのだ。

「いやぁ、お嬢さんが善意だけで色々してるんならさ、この子大丈夫かな？　ドMなのかな？　って思ったんだけど……ちゃんと考えてたんだねぇ」

「ウォルトさんって、本当に失礼ですわよね」

レイチェルは初対面から感じていたことを口にする。

「あははは、ごめん、ごめん。怒らないで〜」

「はぁ……別に怒ってはいませんが。今のは、私を心配してくれたのですよね？」

おそらくレイチェルが、この計画をただの厚意だけでしているのではないかと思ったのだろう。もしそうなら、お節介がすぎるということだ。

「普通は、こんなこと言われたら怒ると思うんだけど。お嬢さんって本当に変わってるよね」

そう言いながら、ウォルトはどこか嬉しそうだ。

「そういえば、アルヴィン王子って小さい頃から〝顔だけは良い〟っていう噂しか聞かなかったけど……どこが好きだったの？」

ウォルトの言うとおり、アルヴィンはメイン攻略対象のため顔は良い。

「今思うと良いところが本当に〝顔〟くらいしか浮かばないんですが……命の恩人なのです」

なぜ、ウォルト相手にこんな話を……と思いながらレイチェルは答える。

「命の恩人？」

「ええ、初めてアルヴィン様に会った時、私、王宮の池に落ちてしまったんです……水属性なのに水に落ちて溺《おぼ》れるなんて間抜けでしょう？」

あの時、池に引きずりこまれるような感じがしたのを、今でもレイチェルは覚えていた。

「あ～もしかしたら、魔力が暴走したのかもしれないねぇ。小さな頃って、魔力が安定してなくって、感情の起伏で暴走することがあるから」

「そんなことがあるんですね。引きずりこまれるような感覚がありましたし……そのせいかもしれないですね。それで、溺《おぼ》れた時にアルヴィン様に助けていただいたのです」

「……アルヴィン王子に？　へ～」

たっぷりと間をあけてから、ウォルトは返事をした。

「その間はなんですか？」

「いやぁ、気にしないで。そっか、溺《おぼ》れているところを王子に助けられて、意識するようになったたってことだね」

「まぁ、そういうことですわね……過去の話ですけど」

今思えば、命の恩人に対する感謝を恋心と勘違いしたのではないかと思うレイチェルであった。

＊＊＊＊＊

一方、その頃エミリオは、レイチェルのことを考えていた。

多くの者は、異質なものに対して畏怖《いふ》の念を抱《いだ》くものだ。

他の属性の者とは違い闇属性の者は一目で分かる。

彼らは昔から忌《い》み嫌《きら》われていた。

現在、魔術協会が把握《はあく》している闇属性は国内にエミリオだけだという。

出生率だけで言えば、光属性と闇属性は同じくらいらしい。けれど、闇属性の者はほとんどいない。その理由は、生まれてすぐに亡き者にされてしまうからである。

エミリオが生まれた時も一悶着《ひともんちゃく》あったそうだ。父王がエミリオの王位継承権を返上したため、生き長らえることができたのだと、彼は幼い頃に誰かに聞いた。

周囲からの嫌悪に満ちた視線。囁《ささや》かれる陰口。

いっそ生まれてこなければ良かったのではないか……そう思ったことは数知れない。

それでもエミリオは恵まれていた。

両親は弟妹《ていまい》と分け隔《へだ》てなく愛してくれている。弟、アルヴィンとは、成長してからはあまりかかわらなくなってしまったが、昔はよく一緒に過ごしていた。

妹、アリエルは、弟とは違い年の割りにしっかりとした性格だ。時々、授業で分からなかったことなどを聞きに訪ねてきてくれる。

エミリオにとっては、どちらも可愛く大事な弟妹《ていまい》だった。

そして、ありがたいことに、家族以外にも、属性に関係なくエミリオ自身を見てくれる者がいる。

一人はウォルト。彼は友人と言っても良いだろう。初対面で『闇属性を研究させてほしい』と頼まれた時は驚いたし、少し警戒もしたが。

そして、レイチェル。

実は彼女はエミリオの初恋の人だった。

初めて会ったのは、アルヴィンの婚約者として彼女が王宮を訪れた時だ。

彼女は色々な意味で人形のように可愛らしい少女だった。

エミリオに挨拶した時、瞳の奥には怯《おび》えが見え隠れしていたものの、躊躇《ためら》いなく彼の手を握り返してくれたのだ。──その温かな手の感覚を、エミリオは今でも覚えている。

初恋の自覚をすると共に失恋したわけだが、元々好きな人ができてもエミリオは想いを伝えるつもりはなかった。

忌《い》み嫌《きら》われる自分に恋はすぎたことだと、彼は思っている。

だから、池で溺《おぼ》れていた彼女を助けたのがエミリオだと、レイチェルが忘れていても、名乗り出ることはない。

彼女への想いは心に秘めておくつもりだ。

感情を押し隠す自信はある——はずだった。

なのに、最近ふとした瞬間に、想いが溢《あふ》れそうになる自分に、エミリオは気付いていた。

アルヴィンとの婚約を解消してからレイチェルは、変わったと思う。

ウォルトから、属性が変化してしまった彼女の魔力を調整するために、闇属性が役立つと言われた時、エミリオは嬉しかった。

忌《い》み嫌《きら》われるだけだった自分の力が役に立てる——それも、彼女のためになることが、何よりも嬉しい。

彼女が変わったのは属性だけではない。これまでの無表情とは違い、クルクルと豊かに変わる表情。そして、エミリオへの怯《おび》えが一切なくなっている。

優しい笑顔を向けてくれるレイチェルに、心の奥に仕舞い込んでいた想いが再び芽吹くのが、エミリオには分かった。

学園の図書室で男子生徒に手首を掴まれ迫られている彼女を見た時は、意識するよりも先に身体が動いていたのだ。

怯《おび》えて逃げるように去る男子生徒……エミリオにとっては日常茶飯事《にちじょうさはんじ》であるのに、レイチェルはとても憤《いきどお》っていた。エミリオ自身が諦めていたことを、彼女は自分のことのように怒ってくれたのだ。

レイチェルの少し赤くなった手首に触れた時も、「嫌ではない」と言われ安堵《あんど》した。

エミリオにとって、大勢の誰かに畏《おそ》れられることよりも、彼女に拒絶されるほうが怖い。

『エミリオ様は、無欲すぎますわっ』

そう言って顔を赤くし、目を逸《そ》らす彼女が愛《いと》おしかった。

もし欲を出して良いのなら――彼女と共に生きたい。

そう願ってしまうエミリオがいた。

＊＊＊＊

馬車で孤児院に向かう途中、「昨日、徹夜だったからちょっと眠るねぇ」と言って、ウォルトは眠ってしまった。

余程眠たかったのか、目を閉じた途端に寝息が聞こえてくる。

話し相手がいなくなってしまったレイチェルは、ウォルトとの会話を思い返した。

（アルヴィン様に王位継承者としての自覚を持ってもらわないと困る……一国民として切実にそう思っているのは本当ですわ。でも、私が率先してアルヴィン様を更生させる必要はないのも事実。ウォルトさんの言うように、確かに私はお人よしというか、ただのお節介なのかもしれないですわよね）

今回の計画も、アルヴィンの様子を知りたいだけなら、彼に護衛として付いていくハルトに聞けば良いのだ。レイチェルが変装して物陰から観察する必要はない。

（でも、気になるんですもの……チェリーさんも不安そうにしていましたし）

チェリーに丸投げしたい気持ちもあるにはあるが、今の彼女が頼りないのも確かなのだ。おそらく、今日も一杯一杯だろう。

（チェリーさんが本来のヒロインのように、アルヴィン様を導けるようになるまで、力を貸してあげましょう……そう思ってしまったのですもの）

自分とアルヴィンを変えたいと、緊張しながらも助けを求めてきた彼女を、レイチェルは見捨てられなかった。

一人で悶々《もんもん》と考え込んでいると、気分が沈んでくる。レイチェルは気分を変えようと窓の外を見た。

（この辺りに来ると、やはり緑が多くなるのですね。もうすぐ着くのでしょうか……）

もっとも都の中心と比べればという程度で、都会には変わりないが、行き交う人々を見ると、確実に貴族の姿は少なくなっていた。

しばらくして、とある建物の横で馬車が停車する。

少し離れた場所にある門に、『Gardenof Sunflower――ひまわりの庭』と書かれているのが見えた。

ここが目的地の孤児院だ。

「ウォルトさん、着いたようですわ」

起きる気配のないウォルトに、レイチェルは声を掛ける。

「ん……ん～、もう着いたの？　意外に早かったねぇ」

ウォルトは寝ぼけた声で答えた。

実際は二時間ほど経《た》っているが、レイチェルとの会話の後眠ってしまった彼には、短く感じたようである。

「って、お嬢さん。なんだか、落ち込んでない？」

「あ……いえ……」

歯切れ悪くレイチェルは言葉を濁《にご》した。

「あ～、もしかして、僕が言ったこと気にしてるの？　言った僕が言うのもあれだけど、あまり気にしないで。アルヴィン王子の恋人に頼まれるまま手伝ってるんだったら、お人よしにも程《ほど》があると思ったんだけど、お嬢さんはちゃんと自分なりの思惑《おもわく》があってやってるんでしょ？　だったら、良いんじゃないの？　確かにお人よしかもしれないけど、それで救われている人もいるんだしさ……っていうか、僕が余計なこと言ったからだよね！　ドMなのかな？　とか言って、ホントごめんね」

「ドM……」

いい感じに慰《なぐさ》めてくれていたウォルトだが、最後のドM発言は余計だ。

「ありがとう、ございます？」

いらない一言はあったが、沈んでいた気持ちが少し浮上したので、レイチェルはウォルトにお礼を言う。

「……なんで、疑問形なの？」

「いいえ、若干残念さがにじみ出ていたので……」

「え～」

そんな会話をしながら二人は馬車を降りたのだった。

第六章　アルヴィンの変化

レイチェルはウォルトと共に孤児院に近付き、中の様子を窺《うかが》った。

まだ、アルヴィンたちは着いていないようだ。

「ここから、ずっと覗いているのは、不審極まりないですわよね」

さっそくレイチェルは問題に直面する。

明日はバザーで町に行くため、人ごみに紛《まぎ》れることができるが、今日は孤児院での行動を見るのだ。

レイチェルたちが同じ場所から動かないとなると、孤児院を覗く不審な二人組になってしまう。

「あ〜、じゃあ、向かいのカフェから見るのはどう？　長時間いても不自然じゃないし」

周囲を見渡したウォルトが提案する。

「そうですわね、少し距離はありますが、様子は見えますし……そうしましょう」

こうして、レイチェルとウォルトの潜伏先が決定した。

道を挟んだ向かい側のその店に移動し、孤児院の様子が見やすい席を確保する。

どうやらここは、レイチェルの前世で言うところのマンガ喫茶みたいな場所だ。

店の奥に大きな本棚があり、好きな本を取ってきて読んで良いらしい。蔵書は図書館にあるようなハードカバーの本が多かった。

本好きのレイチェルにとっては、テンションの上がる光景ではあるが……本来の目的を忘れてはならない。今日はアルヴィンたちの様子を観察するために、わざわざ変装してここに来たのだ。

読書もせずに長時間居座るのは不自然なため、手元に本を置いておくが、のめり込まないようにしなければ、と気を引き締めた。

「あ……！」

画集コーナーに目を向けると、図書館でエミリオと見た画集があった。他にも同じ系統の画集が一緒に並べられている。

レイチェルはそのうちの数冊を手に取り席に戻った。

先日借りて帰った画集はとても綺麗で、見るだけで癒《いや》されたのだ。画集なら孤児院の様子を見ながら眺《なが》められるのも良い。

「あー、本選んできたんだ。画集？」

「ええ、ウォルトさんは……仕事ですか？」

テーブルの上に並べられた紙には、レイチェルにはさっぱり意味の分からない記号やら数式やらがびっしり書かれている。

「いやぁ、息抜きに新しい術式を作ってみようと思ってさぁ」

新しい術式……それは仕事ではないのか？

レイチェルはそう感じたが、ウォルトにとって術式を考えるのは趣味のうちなのかもしれない。

「……あまり、のめり込まないでくださいね」

好きなものに夢中になって周りが見えなくなるという経験はレイチェルにもある。念のため一言言っておく。

「……うん、簡単なものにしておくよ」

ウォルトの返事は頼りない。レイチェルが注意しなければ、確実に術式作りに集中していただろう。

「コーヒーとミルクティをお持ちしました」

注文したものを店員が届けてくれる。運んでもらった飲み物を口にしながら、レイチェルは孤児院の様子を眺《なが》めた。まだアルヴィンたちは到着していない。

時刻が早いためか店内にも他の客はいなかった。ただ、穏やかな音楽が流れている。

レイチェルが画集のページを捲《めく》る音と、ウォルトのペンの音が音楽に紛《まぎ》れて聞こえてきた。

「……あ、来たんじゃない？」

走らせていたペンを止め、外に視線を向けたウォルトが、レイチェルに声を掛ける。

レイチェルが孤児院のほうに目を向けると、ちょうど一台の馬車が門の前に到着したところであった。

「あれは……男爵家の家紋が入っていますね。チェリーさんの家の馬車を使ったのですね」

王家の紋が入った馬車などで乗りつけたら、アルヴィンの正体がバレてしまう。その辺の打ち合わせをチェリーとしていなかったため少し心配していたが、彼女はきちんと考えていたらしい。

ほっとしていると、馬車の中から三人の若者が出てきた。

ハルトもアルヴィンも普段に比べるとかなり質素な服装をしている。見慣れないせいか、違和感が強い。

最後にチェリーが馬車から降りた。

因《ちな》みにチェリーは制服姿だ。

なんでも、「是非、セレスティノ学園の制服を着たチェリーさんの姿を子どもたちに見せてほしい」と院長に頼まれたという。

学園編入後、チェリーが孤児院を訪れなくなったため、子どもたちはかなり寂しがっていたらしい。

「お嬢さんの格好を見た時も思ったけど、あの二人も服を変えただけじゃ、平民というのは無理があるね……まぁ、あの二人は〝どこぞの下級貴族とその友人〟って設定にしたって言ってたから、問題ないだろうけど」

チェリーは、院長に「新しい学園でできた友人とお手伝いに行きたい」と話したと聞いている。セレスティノ学園は貴族が多く通う学園のため、そういう設定にしたのだ。

それにアルヴィンに平民のフリができるとは思えない。

（平民の生活を知ってもらうために計画したことですもの。彼らがどんな生活をしているか知らないのに、平民のフリなんてできるわけないでしょうしね）

馬車から降りた三人を優しそうな壮年の女性が出迎えた。あれが孤児院の院長だろう。

嬉しげにチェリーを抱き締めている。

チェリーの笑顔も、学園で見るものよりも輝いていた。

建物の中から顔を覗かせていた子どもたちも、外に出てきてチェリーの周りに集まる。学園に編入する前の彼女は、時々手伝いにここを訪れていたと言っていた。その言葉どおりとても懐《なつ》かれていたようだ。

「チェリーさん、すごく人気ですわねぇ」

「王子、悔しそうだね～」

ウォルトの言葉に、レイチェルは視線をアルヴィンのほうへ向けた。なるほど、確かにアルヴィンは子どもたちを見て少し悔しそうな表情をしている。

「心が狭いですわよねぇ……」

子ども相手に大人げのない、とレイチェルは溜息《ためいき》をつく。

一通り子どもたちと話をした後、チェリーがアルヴィンとハルトを紹介し始めた。ハルトはきちんと子どもたちと目を合わせるように屈《かが》み、微笑《ほほえ》みながら挨拶をしている。流石《さすが》、何事もそつなくこなす義弟だ。

対してアルヴィンは、立った位置から見おろして話していた。

チェリーに何かを言われた後、ハルトのように屈《かが》んで子どもたちと話し出したところを見ると、子どもたちの目線に合わせるように説明されたのだろう。

しばらくして、三人は子どもたちと庭で遊ぶことにしたらしい。

ふとチェリーが顔を上げ、辺りを見渡す様子が見えた。何かを探しているようだ。

(ああ、もしかして私がどこにいるのか気にしているのかしら)

レイチェルが孤児院の近くでアルヴィンたちの様子を見守ることは伝えているが、カフェにいることはさっき決めたため、チェリーは知らない。

レイチェルは窓を少し開け、風の魔力を少し集めて「向かいのカフェで見ているから、頑張って」と声を込めた。

チェリーの近くにアルヴィンとハルトがいないことを確かめると、それにそっと息を吹きかけ、チェリーに届くよう祈る。

ネックレスが反応し、魔力が発動した。数十秒後、チェリーが一瞬驚いたように肩を震わせるのが見える。彼女はレイチェルと目が合うと、ホッと安心した笑顔で小さく頷いた。

「へー、そういう使い方もできるんだねぇ」

一連の流れを見ていたウォルトが興味深そうに言う。

「ええ、相手の姿が見えていないと位置の調整ができないのが難点ですけどね。便利でしょう?」

せっかくもらったチートな魔力。隠すだけではもったいないので、どうにかして他人にバレずに活用できないかと考えたのだ。

魔力調整のネックレスをしていても、意識をすれば力を使える。今の技は、こっそりパティ相手に練習していた。

レイチェルの属性変化を知る者に限って使用できるものだ。

チェリーには基本属性全て使えるようになったとは言っていないが、「転生した時に神様が能力を向上してくれた」とは教えていた。「ライトノベルでよくある、〝転生したらチート化した〟という例のアレですね！」と、目を輝かせてすんなり納得してくれたので、それ以上の説明はしていない。一応他言無用と言っておいたので大丈夫だろう。

「風属性の方なら、できるのではないですか？」

ウォルトは『そういう使い方もできるんだ』と言った。今まで同じ使い方をする人はいなかったのだろうかとレイチェルは疑問に思い、尋ねる。

「うーん、ただ風を相手に向かって流すことはできるけど、声を包んで届けるのはねぇ。別の術式が絡んでくるし、目標の相手の耳元だけで聞こえるように調整するのは難しいと思う。余程コントロールが上手《うま》くないと無理だねぇ」

そんな高度な技とは思っていなかった。

「今度、術式を解明したいから、また見せてね」

ウォルトが笑顔でお願いする。

なんだろう、レイチェルには、一瞬彼の目が獲物を狙う獣の目に見えた……魔術への探究心恐るべしである。

ウォルトとそんな会話をしている間に、アルヴィンが子どもたちと遊び始めていた。

チェリーは木の下で絵本を読んでいるようだ。ハルトは、ブランコに乗る少年たちの背中を押してあげていた。

二人の周りには男の子も女の子もいるが、アルヴィンは、女の子に囲まれている。

（顔だけは本当に良いですからね……でも、幼い子まで誑《たぶら》かすほどのイケメンぶりとは……）

ハルトも容姿は美しいが、可愛い系なので、小さな子にはアルヴィンのようなキラキラした男性的な人のほうが格好良く見えるのだろう。

「幼女たちよ、人は見かけで判断してはいけません」――そう教えてあげたいレイチェルだった。

庭に出てきている子どもたちはそれぞれ遊びたいところに分かれ、いつの間にか三グループができ上がっている。

チェリーとハルトは慣れた様子で、子どもたちと遊んでいた。

（チェリーさんは手伝いに行っていたといいますから分かりますが、ハルトがこんなに子どもの扱いに慣れているとは思いませんでした）

以前よりは話をするようになったが、まだまだ義弟には知らない面があるらしい。

一方アルヴィンは、子どもとどう接したら良いのか分からないみたいで、挙動不審気味だった。加えて肉食系幼女たちに囲まれて次々と質問され、たじたじになっている。内容までは聞こえないが、きちんと返事をしているようには見えた。

服や手を引っ張られても怒らないし、ぎこちないが笑顔で接している姿は、正直意外だ。少し前のアルヴィンなら、「平民が、気安く俺に触るな」くらいのことは言いそうだったのに。

「ふーん、王子様、意外に子どもたちの相手ができてるね〜、笑顔は引きつってるけど……」

ウォルトもアルヴィンの様子を見て同じ感想を持ったようだ。

しばらく三人――特にアルヴィンの様子を見ていたが、何も起こらない。レイチェルはふと、建物のほうに目を向け、少女がぽつんと一人で座っているのに気が付く。カーテンに包《くる》まって隠れているため、今まで目に付かなかったのだ。

「あの子……」

「ん？　ああ、王子様たちが遊び始めてから、ずっとあそこで外を見てるよ」

ウォルトは少女の存在に気が付いていたらしい。

「皆と遊ばないのかしら……一人が好きという感じではありませんけど」

外で遊ぶ他の子どもたちをジッと見ている姿は、寂しそうだ。

「それは……ああ、お嬢さんは気が付かないかぁ」

「何にですか？」

意味深に呟《つぶや》くウォルトに、レイチェルは首を傾《かし》げる。

「あの子の髪色。黒ではないけど濃い色でしょ？　だから、多分なんだけど、他の子たちに遠巻きにされているんだと思うんだよね」

確かに少女の髪色は濃紺《のうこん》だ。見方によっては黒に見える。

ウォルトに指摘されて、レイチェルはそれがどういうことか気が付いた。

この世界の人間は、淡い色合いの髪色の者が多い。

前世の記憶があるレイチェルにとっては、黒や茶色などの濃い色の髪のほうが寧《むし》ろ親近感を持てるが、この世界の住人にとっては違う。黒でなくても、それに近い色に対して嫌悪感を示す者がほとんどだ。

レイチェルの脳裏で、諦観《ていかん》したエミリオの表情と、寂しそうに外を見る少女の姿が重なる。

「あの子、虐《いじ》められているのでしょうか……？」

「それは分からないけど……あの様子じゃ、仲良く遊んでる姿は想像できないよね」

しばらくして院長が少女に何か話し掛けていたが、少女は首を横に振り、カーテンに包《くる》まったまま外を眺《なが》め続けていた。


午後になり、アルヴィンたち三人は施設の中へ入っていった。

事前にチェリーから聞いていた予定では、昼食を食べた後、明日のバザーに持っていくお菓子を作るらしい。

レイチェルはあの少女が気になり、先程の場所へ目を向けた。

少女は変わらずカーテンに包《くる》まり蹲《うずくま》っている。そこへ意外な人物が少女に近付いていった。

アルヴィンだ。

膝をついて少女の目線に合わせて、午前中よりはぎこちなさの消えた優しい表情で話し掛けている。普段の俺様な彼を見慣れているレイチェルは「誰ですか、これ!?」と驚いた。

固まるレイチェルの耳に、「へぇ～……」と呟《つぶや》くウォルトの声が聞こえてくる。

その後、少女はカーテンから出て部屋の奥に移動したため、見えなくなってしまった。

「……後でチェリーさんに詳しく話を聞きましょう」

「そうだね、ここからじゃ中の様子見るの難しいしねぇ」

これまで見たことのないアルヴィンの姿を見て、もしかしたらアルヴィンも変わろうとしているのかもしれない、とレイチェルは感じた。

それ以降、アルヴィンたちが庭に出てくる気配はなく、時々窓からチラリと姿を確認できるくらいだ。

問題は起こっていないようだが、チラリと見えるだけなので正直分かりにくい。

ウォルトは飽きてしまったのか術式作りに没頭していて、テーブルに散乱した紙が謎の数式や記号でみっちり埋まっていた。

観察を始める前に『あまりのめり込まないでくださいね』と注意はしていたが、アルヴィンたちの様子がほとんど見えない状況では仕方がない。

レイチェルは画集を眺《なが》めながら、ここまでの出来事を思い返す。

(アルヴィン様があの女の子に声を掛けたのは、予想外でしたわ)

女の子をエミリオと重ねたのかもしれないが、レイチェルの知っている今までのアルヴィンはそんなことはしない……はずだ。

（時々考え込んでいたとハルトもチェリーさんも言っていましたし、もしかしたら……）

学園の出来事やチェリーの言葉が、アルヴィンに少しでも届いてくれていたら嬉しいとレイチェルは思ったのだった。

「そういえば、王子様たちは、あの孤児院に泊まるんだよね？」

陽が傾《かたむ》き始めた頃、ペンを止めたウォルトが思い出したように質問してきた。

「ええ、その予定ですわ」

チェリーが院長に今回のことをお願いした時に、『せっかくなら泊まっていってくれないかしら、子どもたちも喜ぶと思うわ』と逆に頼まれたと聞いている。

「お嬢さんは、どうするの？」

「馬車に泊まりますわ」

アルヴィンたちと一緒に孤児院に泊まるわけにはいかないので、レイチェルは馬車で一夜を過ごそうと考えていた。

夜中は少し冷えるかもしれないので防寒具を沢山《たくさん》積んできている。

「……お嬢さんってさぁ、一応公爵家のご令嬢なんだよね？」

「一応ではなく、れっきとした公爵家の娘ですわよ」

レイチェルも馬車に泊まるのはどうかと思わなかったわけではないが、この付近に公爵家の別邸はなく、知り合いもいないのだ。

決して、宿をとるのを忘れていたとか、面倒だったとかではない。

だが、ウォルトの呆れたような表情からは目を逸《そ》らすレイチェルだった。

「はぁ、しっかりしてるように見えるのにねぇ……」

ウォルトは頭を押さえて溜息《ためいき》をつく。

「――レイチェル様の泊まるところでしたら、こちらで手配してますので大丈夫ですよ」

ウォルトの反応にレイチェルが地味に傷付いていると、第三者の声がした。

ウォルトの背後に現れたのはチェリーだ。

「チェリーさん！　抜けてきて大丈夫ですか？」

「はい。今はお菓子を作り終えて、小さい子たちのお昼寝の時間なのです。アルヴィン様も子どもたちと一緒に寝てしまったので、大丈夫です」

「そうでしたの。疲れたんでしょうね」

今までこのような体験をしたことはないだろうし、慣れないことをして疲労しているだろう。

「ええ。子どもたちよりも先に眠ってしまいましたよ。あ、これ先程作ったクッキーなのですが、良かったらどうぞ。あ、あの、護衛の方も……って、ハネスト様⁉」

レイチェルは、可愛く包装されたクッキーをチェリーから受け取る。

チェリーは、向かいの席に座る護衛にもクッキーを渡そうと、やや緊張気味に話し掛け、それが誰かを知って驚いていた。

「え～、今気が付いたの？　というか、そんなに驚かなくっても……」

「いいえ、普通に驚くと思いますわよ」

不満の声を上げるウォルトに、レイチェルはツッコミを入れる。

まさか魔術協会の属性管理局局長が護衛をしているとは誰も思わないだろう。

「それで、あの、私の泊まるところを手配しているとは？」

「はい、ええっと、ハルト様が『姉上が防寒具をやたらと用意してたから、馬車に泊まるつもりだと思う』とおっしゃっていたので……僭越《せんえつ》ながら、この近くの宿を用意させていただきました。よろしかったですか？」

レイチェルは朝、ハルトが部屋に挨拶に来た時のことを思い出す。

レイチェルが毛布を鞄《かばん》に詰《つ》め込んでいるのを見て、彼は何か言いたそうな表情をしていた。結局、何も言わなかったが、どうやら察していたらしい。

「ありがとうございます。泊まらせていただきますわ」

他に場所があるのに馬車に泊まる理由はない。ベッドで休めるのは嬉しく、レイチェルはチェリーの申し出をありがたく受けることにした。

「よくできた弟さんで良かったね〜」

ウォルトの言葉に、レイチェルは素直に頷く。

「良かったです。では、宿に案内しますね。そこで今日あったことをお話しします」

こうして、チェリーの先導で、宿に向かうことになった。

チェリーに案内されてたどり着《つ》いたのは、孤児院から数十メートルくらい離れた小さな宿だ。孤児院からは死角になっているのでちょうど良い。

「可愛らしい宿ですわね」

皮肉ではなく、本当に可愛い宿だ。

白を基調とした内装、カウンターには小さな花が飾られ、ウサギやリスなどの陶器で作られた小物が置かれているなど、女の子が好きそうな要素が随所に見られる。

レイチェルも可愛いものが好きなので、テンションが上がった。

「はい！　私も何度か泊まったことがあるのですが、とても可愛くて……レイチェル様が馬車に泊まるつもりだと聞いて、是非この宿に泊まっていただきたいと思ったんです。お料理も美味《おい》しいですし、お部屋も可愛いので！　あ、すみません、はしゃいでしまって」

レイチェルの感想を聞いて、活き活きと嬉しそうに語り始めたチェリーは、途中でハッと恥ずかしそうに俯《うつむ》いてしまった。顔が赤くなっている。

「いえ、お料理もお部屋も楽しみですわ」

チェリーの恥じいる姿が可愛らしく、レイチェルは顔に微笑《ほほえ》みを浮かべる。

そのままカウンターで鍵を預かり、書かれた番号の部屋へ向かった。

着いた部屋も、チェリーが言うように趣味の良い可愛い部屋だ。

広さでいえばレイチェルの部屋の三分の一ほどなのだが、それはレイチェルの部屋が広すぎるだけのことである。

前世の玲の部屋がこれくらいの広さだったこともあり、とても落ち着いた。広ければ良いというものでもない。

「さて、もうすぐ戻らないといけないでしょうし、話を聞きましょうか」

いつまでも可愛い内装に心ときめかせていたいが、レイチェルは気持ちを切り替えて、チェリーとウォルトにソファを勧めた。

チェリーは、アルヴィンが子どもたちと昼寝をしているすきをみて抜け出してきたのだ。いつ目が覚めて彼女がいないことに気が付くか分からない。

「そうですね、今日の様子を報告します」

「僕は一応護衛だし、立って聞いてるから大丈夫だよ〜」

チェリーは促《うなが》されるままレイチェルの正面の椅子に腰掛けたが、ウォルトは扉に背を預けるようにもたれかかった……そういえば、忘れそうになるが、彼は護衛だった。

ソファに腰掛けるとチェリーはさっそく今日あった出来事を話し始める。

「アルヴィン様、今まで小さな子どもとお過ごしになる機会がなかったみたいで……馬車の中で、どんな話をしたら良いのか、どう接したら良いのかなどと心配なさっていました」

「そうですわね、小さい子どもと接しているところは見たことがないですわ」

レイチェルが知る限り、アルヴィンの周りの人間は年上か同年代の者しかいない。

「馬車の中で、子どもと接する時はこうしたほうが良いですよと少しお話ししたのですが、自己紹介の時はお忘れになっていたみたいでした」

子どもの目線に合わせて話をすること、笑顔で接することなど、チェリーなりに子どものかかわり方をレクチャーしたようだ。

ただ、すぐには実行できず、自己紹介の時のアルヴィンは立ったままだったし、表情は硬かった気がする。

しかし、上手《うま》くいったとは言い難くても、〝アルヴィンが子どもとの接し方について、真剣に考えていた〟という事実が重要だ。

今まで年上相手でも尊大な態度だったことを思えば、年下――それも平民の子どもへの接し方について悩み、チェリーに助言をもらっていたことは、何かが変わったと言える。

「それからは気を付けて子どもたちとお話しできていました。それにアルヴィン様、かっこ良いので、すぐに女の子たちの人気者になってて……私、少しやきもち妬《や》いちゃいました」

レイチェルは肉食系幼女に取り囲まれたアルヴィンの姿を思い出した。

「ああ……囲まれていましたわね。アルヴィン様は、男の子に囲まれるチェリーさんを見て、悔しそうになさっていましたよ」

「本当ですか？」

レイチェルの言葉を聞いたチェリーは一瞬目を丸くした後、嬉しそうに微笑《ほほえ》んだ。その笑顔は、安堵《あんど》しているようだ。

「――？」

「あ……いえ、最近は前ほど一緒にいる時間が少なかったので、不安で……」

チェリーは少し俯《うつむ》いて呟《つぶや》いた。

チラッとウォルトのほうを見たことから、言いにくいことなのだと察する。もしかしたら前世の記憶絡みかもしれない。

レイチェルはとりあえず、話題を変えた。

「大丈夫ですよ。アルヴィン様はチェリーさんのことがお好きですから……そういえば、部屋に入った後、アルヴィン様が窓際に蹲《うずくま》っていた女の子に声を掛けていましたが――」

チェリーの不安については後日詳しく聞くこととして、一番気になっていたことを尋ねてみる。

「あれはチェリーさんが声を掛けるように言ったのですか？」

「いえ、アルヴィン様がご自分で話し掛けに行っていました。外で遊んでいる時から、気になさっていたみたいで……」

その様子をチェリーが語り始める。

チェリーたちが外で遊び始めてしばらくすると、室内から視線を感じるようになったそうだ。視線のもとをたどり、カーテンに包《くる》まり外の様子を見ている少女に気が付いた。

チェリーには見覚えがない子なので、彼女が学園に入学し孤児院を訪れなくなってから引き取られた子のようだ。

楽しそうに遊ぶ他の子を羨《うらや》ましそうに見ている姿が気になり、チェリーはチラチラと様子を窺《うかが》った。けれど、院長に声を掛けられても首を横に振り、カーテンの陰から出てこようとはしない。

アルヴィンもその様子に気が付いたようで、時々そちらを見ている気配があった、とチェリーは言う。

昼食の時間となり全員と室内に入った時も少女はカーテンに包《くる》まったままで、皆のところに来る様子はなかった。

他の子どもたちがその様子に何も反応を示さないことから、普段から少女は一人で過ごしていることが分かる。

「あの子も来るように誘わないのか?」

チェリーがどうにか少女を皆の輪に連れてこられないか考えていると、アルヴィンが一緒に遊んでいた女の子に声を掛けた。

その子のことはチェリーも知っている。

サーヤという少女で、この孤児院では年長組に入る。ここでの生活も長く、少し気は強いが下の子の面倒をよくみる良い子だ。

「……怖いもん」

アルヴィンに声を掛けられたサーヤは、言いにくそうに答えた。

チェリーには、その理由を推し量ることができた。

少女の濃紺《のうこん》の髪色が闇属性を彷彿《ほうふつ》させるため、避けられているのだ。

年端《としは》もいかぬ子どもにも浸透しているほど、闇属性に対する差別意識は根が深い。

実際は、少女は闇属性ではないのだろうが、小さな子ほど、見た目で判断してしまうのだろう。それが無邪気な悪意として少女に向けられる。

「怖い……か――あの子と話したことはあるのか?」

「ううん、いつも独りでああしてるから、ほとんど話したことないよ」

「話してみたら怖くないかもしれないぞ」

「……ほんと?」

アルヴィンの口調はいつもと変わらないが、表情は真剣だ。

「俺が誘ってくるから、話をしてみないか?」

「……一緒にいてくれる?」

「もちろん」

アルヴィンの提案に、サーヤは困惑したように視線を彷徨《さまよ》わせる。けれど真剣さが伝わったのか、しばらくしてアルヴィンの服を掴むと小さく頷いた。

そこからレイチェルとウォルトが見たあの光景へ繋がるというわけだ。

「あの子……あ、エインって言うんですけど、あれからアルヴィン様が間に入って、サーヤと一緒にご飯を食べました。初めはお互いがアルヴィン様に隠れるようにしてて……特にエインは俯《うつむ》いてて、遠目にも震えているのが分かりました」

レイチェルは、寂しそうに外を眺《なが》めていたエインの姿を思い出す。おそらくこれまでに、髪色のことで色々あったのだろう。

「サーヤも何を話していいのか分からないみたいで、ぎこちない雰囲気でした。けれど、アルヴィン様がエインに色々質問を始めたんです。エインの属性のことや何が好きなのかとか……」

聞かれた質問にエインは小さな声で返事していた。土属性であること、絵を描くのが好きなこと――

「サーヤの属性も土属性だったみたいで、話に交ざるようになり、そのうちアルヴィン様が間に入らなくても、自分からエインに話し掛けるようになっていきました。ぎこちなさは完全にはなくならなかったのですが、あの様子なら、時間が解決してくれると思います」

きっかけさえあれば、きっと仲良くなれるはずである。

話し掛ける前はエインを怖がり表情を強張《こわば》らせていたサーヤだったが、エインと話をするうちに彼女の表情は柔らかくなっていったそうだ。

「そうですか……良かった」

話を聞き、レイチェルは安堵《あんど》の声を漏らす。

「なぜエインに声を掛けたか、アルヴィン様は何かおっしゃっていましたか？」

「ええっと……理由はおっしゃってなかったのですが、エインに誰も声を掛けない様子を見て、泣きそうな表情で考え込んでいらっしゃいました」

その時のアルヴィンの様子を思い出したらしいチェリーは、心配そうな表情を浮かべる。

もしかしたらアルヴィンは、エインを取り巻く環境とエミリオを重ねたのかもしれない。そうレイチェルは思ったのだった。


翌朝、レイチェルが身支度を整えて一階の食堂に下りると、既《すで》にウォルトはテーブルに着き、向かい側に座る人物と話をしていた。

（誰と話しているのかしら？）

疑問に思いながら、ウォルトの向かい側に座る人物を見る。それは、レイチェルの良く知る人物であった。

「――……エミリオ様!?」

レイチェルは驚きの声を上げる。

今日のエミリオは、白いシャツに濃い緑色のズボンといった、町でよく見かける簡素な装《よそお》いをしていた。

エミリオがこの場にいることにももちろんだが、それよりもレイチェルが驚いたのは彼の髪と目の色だ。

深く被《かぶ》った帽子から覗く髪は茶色で、普段はつけていない眼鏡《めがね》越しに見える瞳は翠色《みどりいろ》になっている。

「え？　ええ⁇　どういうことですの？」

困惑して疑問符しか浮かばないレイチェル。

そんなレイチェルの様子を、ウォルトが面白そうに眺《なが》めていた。

「あはは～、驚いてるねぇ」

「実は、ウォルトに変装用の道具を渡されまして……」

エミリオがレイチェルの疑問に答えてくれる。

昨日出発する直前に、ウォルトがエミリオに渡した袋に入っていたのは、髪染めと眼鏡《めがね》だったのだ。

この世界にも髪染めは存在するが、一般的に髪を染める習慣はない。髪質によっては色が定着するまでに十数時間も要するため、余程のことがなければ染めようと思う者がおらず、普及していないのである。

「出発前にやっとその眼鏡《めがね》が完成してさ〜。間に合って良かったよ」

ウォルトの口ぶりから、眼鏡《めがね》にはなんらかの魔術的な細工がされていることが窺《うかが》えた。

「ほら、闇属性って基本属性を抑える効果があるからさ〜、基本属性の魔力で細工しても王子の場合は相殺しちゃって、なかなか調整できなくってねぇ……何か良い方法ないかな〜ってずっと思ってたんだけど、この前チェリーさんに光属性の魔力を少しもらったやつで調整したら、成功したんだよね」

この前というのは、魔力制御のネックレスをレイチェルがエミリオにつけてもらった時のことだろう。

確かにウォルトは、チェリーに『少し光属性の魔力を分けてほしいな〜』とお願いしていた。

その時はただ、光属性が珍しいから調べたいというだけだったが、思いがけず変装用眼鏡《めがね》の細工に使えたというわけだそうだ。

「さて、お嬢さんも来たし、ちょっと朝ご飯もらってくるね〜……王子、ちゃんと言わないと伝わらないよ〜？」

朝食は声を掛けてから用意してくれるらしく、ウォルトが立ち上がる。そして、前半は二人に後半はエミリオだけに聞こえるように言い残し去っていった。

「……」

「……」

二人きりになると一気にエミリオを意識してしまい、レイチェルは自分でも緊張しているのが分かった。

何か話をしなければと思うが、何を話して良いのか考え付かず無言になってしまう。

「……えっと、その……」

その沈黙を破ったのはエミリオだ。

「私が来なくても問題ないことも、寧《むし》ろ変装が周囲にバレた時のことを考えると迷惑になるのも、分かっていたのですが……やはり、気になりまして」

視線を彷徨《さまよ》わせ、言葉を選びながら言う。

いつも落ち着いた雰囲気のエミリオが、自信なさげに話す様子は新鮮だった。

(普段が落ち着いていらっしゃるから、ギャップが！)

「そっ、そうですよね、エミリオ様にとっては弟君ですものね……」

「……ええ」

レイチェルの返事に、少し困ったような表情をしてエミリオは頷く。

「……王子ぃ」

朝食の載ったプレートを両手で持ったウォルトが背後からその様子を見て、呆れた声を上げた。

「アルヴィンの様子が気になっているのも本当ですよ、ウォルト……だからそんな目で見ないでください。自分でも分かってますから」

「……王子ってさ、無意識だと結構恥ずかしいことをサラ～ッと言うのに、意識すると言えなくなるんだね……」

「恥ずかしいことを言ってますか?」

「うん、言ってるよ～」

「そんな……」

二人はこそこそと小声で話しているため、レイチェルには内容が聞こえていない。

「あの……なんの話ですか?」

「いえ、なんでもありません、レイチェルさんはお気になさらず」

「そうそう、男同士の会話～。はい、お嬢さんの分の朝食だよ。今日はバザーに行くんだったよね、食べたら、さっそく出掛けよう～」

慌《あわ》てたように返事をするエミリオと、いまいち緊張感のないウォルトの返事に「そうですか？」と答えるしかないレイチェルだった。


朝食の後、三人は町へ出掛けた。

もちろんバザーに参加するアルヴィンたちの様子を見るためである。

しかし、ばれないように昨日よりも遠くから観察しているため、よく見えないのが問題だった。双眼鏡が欲しいところだ。

「それにしても……私たちが思っていたよりも、アルヴィン様も変わろうとなさっているみたいですね」

チェリーからアルヴィンの態度を聞く限り、レイチェルと婚約していた頃のどうしようもない彼とは、ずいぶんと様子が違っている。

「そうだねぇ、僕は王子様のこと、あまり興味がなかったからよく知らないんだけど……もっとひどいと思ってたよ～」

ウォルトが失礼なことをサラッと言う。

ウォルトにとってアルヴィンは「エミリオ王子の弟だよね」程度の興味しかなかったらしい。

「私もウォルトに昨日の様子を聞きましたが、今までのアルヴィンの行動とは違いますね」

エミリオから見ても、アルヴィンは変化したと感じるようだ。

「チェリーさんも、アルヴィン様が時々考え込んでおられると言っていました。とにかく、良い方向に変わろうとなさっていることは間違いないですね」

今までのアルヴィンとの差に困惑はするが、レイチェルは安堵《あんど》した。変化の兆《きざ》しが見えただけでも、今回の〝アルヴィン更生計画〟は成功と言えよう。

「――きゃっ」

考え込んでいた時、背中に軽い衝撃を感じ、レイチェルは少しよろめいた。

「ごめんなさい」

聞こえてきたのは子どもの声だ。

声のほうに視線を落とすと、十歳くらいの少年が頭を下げていた。

どうやらこの少年がレイチェルにぶつかったようだ。

「いいえ、私もぼーっとしていましたから……」

そうレイチェルが答えたのを聞き、少年は踵《きびす》を返し去ろうとした――が、すぐにエミリオに腕を掴まれ制される。

「ポケットから取ったものは、置いていきましょうね」

エミリオの言葉にレイチェルがポケットの中を確認すると、財布がなくなっていた。

「あら……いつの間に」

「――っ、離せ！」

少年は手を振り払おうともがいているが、片手で掴んでいるのにエミリオの腕はビクともしない。

「はいはい、これを返してもらったらね――はい、お嬢さん」

ウォルトが素早く少年の懐《ふところ》からレイチェルの財布を抜き取り、ポンッと投げてよこした。

「――ちっ」

レイチェルが財布を受け取ったのを確認すると、エミリオは少年の腕を解放する。すぐさま少年は、悔しそうに顔をしかめると、舌打ちして立ち去ろうとした。

「あ、待って！」

少年を引き止めたのはレイチェルだ。

「ねぇ、もし良かったら、そのクッキーもらえないかしら？　私、お腹《なか》がすいてしまったの。もちろん、タダでとは言わないわ」

少年が持っているものに見覚えがある。

昨日チェリーが持ってきてくれたクッキーだ。おそらくバザーでアルヴィンたちが配っているものをもらったのだろう。

「……え？」

レイチェルの言葉に少年は、眉を寄せ困惑の表情を浮かべた。「タダでとは言わない」という言葉に反応したらしい。

「駄目？」

「……近付いたらその人たちが、また僕を捕まえるんじゃないの？」

少年はエミリオとウォルトを警戒して寄ってこようとしない。

「大丈夫よ。そうですよね、エミリオ様、ウォルトさん」

「ん～、まぁ、お嬢さんがそう言うなら僕は良いけどね」

そう答えるとウォルトは数歩後ろに下がった。エミリオも頷きウォルトにならう。それを見た少年が恐る恐るといった様子で、レイチェルに近付いてきた。

「——……はい」

「どうも、ありがとう」

差し出されたクッキーを受け取ったレイチェルは、クッキーのお代として小銭を少年に渡す。そして、髪を結んでいたリボンを外すと、それも彼の手のひらに乗せた。

「これ……」

「このリボンもあげるわ。それから女の子なんだから舌打ちなんてしちゃ駄目よ」

レイチェルの言葉に驚いたように顔を上げた少年――ではなく少女。帽子を目深《まぶか》に被《かぶ》り、あちこち汚れていたため一見少年のようだが、よく見ると可愛い顔をしているのだ。

「じゃあ、このクッキーはいただくわね」

にっこりと少女に向かってレイチェルは言う。

少女は無言のままパッと身を翻《ひるがえ》したが、少し離れた場所で立ち止まって振り返り「ありがとう」と小さな声でお礼を言った。

その後、今度こそ人ごみに消えていく。

「ねえ、お嬢さん……あのリボン、結構高いよね？」

「さぁ、どうでしょう。でも、財布が戻ってきて良かったですわ。これには公爵家の家紋が入っていたから、あの子があのまま持ってて、誰かに見つかったら捕まっちゃいますもの」

公爵家の家紋入りの財布を、平民の子どもが持っているはずがない。盗ったのだと、すぐに分かる可能性は高い。

たとえ「拾った」と言ったとしても、それを信じてもらえるかは分からないのだ。

「気にしてたの、そこなんだ……」

「レイチェルさんらしいですね」

ウォルトは少し呆れたように、エミリオは穏やかに笑った。

その後もアルヴィンたちの様子を観察し続けたが、問題なく過ごしているように見える。

初日のぎこちなさが嘘のように、アルヴィンは自然に子どもたちと笑い合い、話をしていた。その姿は新鮮だ。

チェリーや子どもたちも楽しそうである。

「この様子だったら、大丈夫そうですわね」

「そうだね～、このまま様子見る？」

ウォルトの質問に考え込むレイチェル。

その時、バザー会場に一際大きなざわめきが生じた。

目を向けると大道芸人の列が見える。

イベントの一環としてパレードがある、とチェリーが言っていたのをレイチェルは思い出した。

「すごい人だかりですわね」

「ああ、このパレードがこのイベントのメインみたいだよ～、あっちのポスターに書いてあった」

賑わっていたバザー会場が、さらに多くの人で埋め尽くされていった。

レイチェルたちがいる場所はバザー会場から少し離れていて、人目に付かないため、あまり人が来ないことが幸いだ。

「アルヴィンたちが見えなくなってしまいましたね」

「そうですわね、全く見えませんわ」

エミリオの言葉を聞き、レイチェルがアルヴィンたちのいた場所に目を向けると、アルヴィンはおろか、チェリーや子どもたちも見えなくなっている。

結局、大道芸人によるパレードが通り過ぎ、バザー会場が元の雰囲気に戻るのに、しばらくかかった。

「あ、やっと見えるようになりました――何か様子が変ですね……」

「焦《あせ》っているように見えるね……」

レイチェルよりも背が高いエミリオとウォルトが、アルヴィンの様子がおかしいことに気が付き眉をひそめた。

遅れて、レイチェルにもアルヴィンの姿が見えるようになったが、彼は硬い表情でキョロキョロと周囲を見渡している。

「チェリーさんが見当たりませんわ。それにあの子――エインという子も」

パレードが始まる前までアルヴィンの隣でクッキーを配っていた二人の姿がない。

「ちょっと、ハルト君に聞いてくる」

言うが早いか、ウォルトが足音もなくハルトのもとに走っていった。動きが速すぎて、レイチェルは途中でウォルトの姿を見失う。

「……見失いましたわ」

「もう、ハルト君のところに着いたようですよ……あ、戻ってきました」

苦笑しながらエミリオが説明してくれる。

常人では有り得ない速さでウォルトが戻ってきた。

「どうでしたか、ウォルト」

「うん、チェリーさんとエインちゃんが急にいなくなったらしいよ。パレードで人ごみに流されたんじゃないかって、探してるけど……」

「なんですって!?」

確かに彼女たちのいた場所はパレードとの距離が近く、人通りが多かった。

けれど、チェリーもエインも売り手としてアルヴィンと一緒に囲いの中にいたはずである。人ごみに流されたとは考えにくい。

「アルヴィン様のところに行きましょう」

レイチェルはすぐに決断した。

「バレるけど良いの？」

「緊急事態ですもの、構いませんわ。エミリオ様はどうされますか？」

チェリーとエインの行方を捜すのがレイチェルにとっては最優先である。しかしエミリオは、変装しているといっても、バレる可能性がある大勢の人がいる場所には行きたくないかもしれない。

そう考えたレイチェルは、エミリオに尋ねた。

「大丈夫です。私も一緒に行きますよ」

エミリオは即答した。

こうして三人はアルヴィンたちのもとに向かったのだった。

アルヴィンたちに近付いていくと、場が騒然としているのが分かる。チェリーとエインがいなくなったことを子どもたちも悟っているらしく泣き出している子もいた。

「お姉ちゃんと、エイン……っ、いなくなっちゃった……っ」

「大丈夫だよ。すぐ戻ってくるよ」

泣いている子の背を擦《さす》りながらハルトがあやしている。泣いていたのは、昨日チェリーとの会話に出てきたサーヤという少女だ。

「チェリー……チェリーは、どこに行ったんだ……」

アルヴィンは焦《あせ》った表情で周囲を見回しつつ、うわ言のようにチェリーの名前を呟《つぶや》いていた。

「アルヴィン様」

レイチェルはアルヴィンに声を掛ける。

「――っ、レイ……チェル？　なんでお前がここにいるんだ？」

突然のレイチェルの登場に、アルヴィンは目を見開いた。

「私がここにいる理由は後で話しますわ。それよりも、チェリーさんがいなく……」

「ま、まさか……お前が、チェリーをどこかにやったんじゃ……」

言葉を遮《さえぎ》って、アルヴィンはレイチェルに詰《つ》め寄り、腕を掴んだ。

「きゃっ……」

突然腕を掴まれたレイチェルは、驚いて小さく悲鳴を上げる。

「アルヴィン……今のは失言ですよ」

そう言ってレイチェルからアルヴィンを引き離してくれたのはエミリオだ。

「兄……上？」

エミリオの姿を見て、アルヴィンは呆然とする。

「……アルヴィン様、私のことが信じられないのは分かっておりますが、まずはチェリーさんを見つけることが先でしょう。最後にチェリーさんを見たのはいつですの？」

長々と説明する時間が惜しいので、レイチェルはアルヴィンにまくし立てるように尋ねた。

「あ……ああ、最後にチェリーを見たのはパレードが始まってすぐだ。パレードが去って隣を見たら、いなくなってたんだ……」

レイチェルの勢いに押されたアルヴィンが、視線を彷徨《さまよ》わせながら答える。

バザーに参加するのが初めてのアルヴィンは、大道芸人によるパレードを見るのも初体験だった。そのため、パレードに見入ってしまっていたのだ。

「……ひっく……パレードの途中で、エインが『離して』って言ってるのが聞こえて……見たら、エインもお姉ちゃんもいなくなってたの……ぐすっ」

ハルトになだめられていたサーヤが、レイチェルの服をギュッと掴み、泣きながら教えてくれる。

「ありがとう……チェリーさんとエインは必ず見つけてきますから、大丈夫よ」

レイチェルはサーヤと目を合わせるために膝を折り、安心させるように優しい笑顔でそう言った。

「本当?」

「ええ、このお兄さんたちと一緒に捜してきますから、安心して待っていて」

そう言ってサーヤの頭を柔らかく撫でると、レイチェルは立ち上がり、アルヴィンに向き直った。

「アルヴィン様、チェリーさんとエインは攫《さら》われたと考えたほうが良さそうですわ」

「この状況だとそう考えられるね～」

レイチェルの言葉を肯定するようにウォルトが言う。

「そんな……どうしたら良いんだ」

「捜すに決まっているでしょう! しっかりなさいませ、貴方《あなた》の大事な恋人でしょう。それに貴方《あなた》が不安な顔をなさっていると、周りの子どもたちにそれが伝染してしまいますわ。不安を煽《あお》ってどうするのです」

頼りなくうろたえるアルヴィンにイラッとしたレイチェルは、彼を一喝《いっかつ》した。その後ろでエミリオも頷く。

「おお～、お嬢さんカッコ良いね」

ウォルトの緊張感のない発言は、緊急事態にあっても健在だ。

「――っ、すまない……しかし、捜すと言っても、どこを捜せばいいのだ」

レイチェルの言葉で、ハッとしたようにアルヴィンの表情が引き締まる。

「まずは周りの人たちに話を聞いてみましょう。サーヤの話では誰かに連れ去られたと考えられますもの。見かけた人がいるかもしれませんわ」

「ああ、分かった」

不安そうにしている子どもたちの対応をハルトに任せて、レイチェル、エミリオ、ウォルト、アルヴィンの四人は周囲への聞き込みを開始した。

しかしパレードに集中していた人が多く、そのうえパレードが終了後はすぐに多くの人が立ち去ったため、なかなか有力な情報が得られない。焦《あせ》りが募《つの》った。

しばらく聞き込みを続け、ようやくパレードの中盤に濃紺《のうこん》の髪の幼女と薄桃色《うすももいろ》の髪の少女を脇に抱えた男が、路地裏へ走り去るのを目撃していた人が出てくる。

「……チェリーさんとエインで間違いありませんわね」

これで連れ去られたことが確定した。なんの目的で彼女たちを連れ去ったのかは不明であるが、碌《ろく》な理由でないことだけは分かる。

「ウォルト、一緒に路地裏を捜しに行きましょう。アルヴィンとレイチェルさんは、孤児院で待っていてください」

安全な場所での待機を言い渡すエミリオに、レイチェルが即答する。

「私も一緒に行きますわ」

「駄目です。危険な場所に貴女《あなた》を連れていくわけにはいきません」

「エミリオ様が止めても私は行きますわ！　チェリーさんは、私の友人ですもの！　放っておけません。足手まといにはならないようにいたします。私の魔力が役に立つかもしれませんし……お願いです。連れていってください」

レイチェルとチェリーの関係は、他の者からは恋敵に見えるだろう。

しかし、同じ転生者ということもあるのか、懐《なつ》いてくる彼女に、レイチェルは親愛の情を持っていた。

「……分かりました。その代わり無茶はしないでください」

レイチェルの必死なお願いに、エミリオが深い溜息《ためいき》をついた後、折れる。

「ありがとうございます!!」

俯《うつむ》いてエミリオの返事を待っていたレイチェルは、パッと顔を上げて笑みを浮かべた。

「兄上……俺も行きます」

レイチェルに続いてアルヴィンも、一緒に行くと名乗りを上げる。

「今から行くところは命の危険があるかもしれないのですよ……王位継承者の自覚はありますか？」

エミリオの静かな問いに、アルヴィンは苦しそうに顔を歪《ゆが》ませた。

「それは……分かっていますが……俺が側にいながら攫《さら》われたのです……」

つっかえながらも、真剣な表情でアルヴィンはエミリオに訴える。

「置いていっても、ついてきそうだし、一緒に行ったら良いんじゃない？」

その様子を見ていたウォルトが、小声でエミリオに耳打ちした。

「そう……ですね。はぁ、仕方ないです。アルヴィンも一緒に行きましょう……」

こうして、チェリーとエインの救出に行くメンバーが、決まったのだった。


連れ去られたチェリーとエインを捜すため、レイチェル、エミリオ、アルヴィン、ウォルトは路地裏へ足を踏み入れた。

ここは比較的治安の良い町なのに、一歩路地裏に入るとそこは別世界のようだ。

スラム街ほどひどくはないが、ガラの悪そうな若者が道端に座り込み、薄汚れた服を纏《まと》った老人が横たわっている。

「……やはり、役人の目が届かないところは、雰囲気が悪いですね」

「そうですね」

「……」

エミリオとレイチェルの会話を聞きながら、アルヴィンは厳しい顔で周囲を見渡していた。

「あれ？　さっきの子じゃない？」

ウォルトが指差すほうを見ると、先程レイチェルがリボンを渡した少女が、息を切らしながら走っている。その表情は歪《ゆが》み、目には涙が溜まっていた。

少女はこちらに向かってきていたが、周りが見えていないようで、そのままアルヴィンにぶつかりそうになる。

「わっ……」

直前に気が付いた少女が避けようとして大きく体勢を崩し、尻餅《しりもち》をついた。その拍子に、少女が被《かぶ》っていた帽子が落ちる。

「あっ⁉」

足元に落ちた帽子を見た少女は、慌《あわ》てたように頭を押さえて後ずさった。小さな手の隙間から見えるのは獣の耳だ。

「獣人の子ども？」

アルヴィンの呟《つぶや》きに、少女の身体がビクッと震えた。

アルヴィンの声音に蔑《さげす》むような色合いはなく、ただ純粋に見たままを言葉にしただけだったが、少女の顔色は目に見えて青ざめる。

「怖がらなくても大丈夫よ。貴女《あなた》を虐《いじ》めたりしないから、安心して」

レイチェルは少女に近付き優しく声を掛けた。

「……」

「大丈夫よ」

もう一度安心させるように言った後、レイチェルは少女の頭――パティよりも柔らかな獣耳を撫でる。

レイチェルに悪意がないことが伝わったようで、少女の身体から力が抜けた。

「すごく急いでいたけど、何かあったの？」

一刻も早くチェリーたちの居場所を見つけなければいけないが、悲痛な面持《おもも》ちの少女を放っておくこともできず、レイチェルは少女に尋ねる。

「ルーク――弟……が、連れて……いかれて」

「誰に？」

「分からない……でも、早く助けないと、売られちゃうかも、しれないんだ」

「〝売られる〟？」

少女から聞き捨てならない言葉が出てきた。

「じんしんばいばいってやつ……大人たちが言ってた。助けてって言っても、取り合ってくれなくて……っ」

少女の顔に涙が伝う。

「人身売買は法令で禁止されているんじゃ……」

アルヴィンが呟《つぶや》くように言った。

「表向きは……ですわ」

アルヴィンの言葉に返事をしたのはレイチェルだ。

奴隷廃止法によって禁止になっているが、法律の行き届かない裏社会では、今でも変わらず人身売買が行われているのだ。

この国で蔑《さげす》みの対象である闇属性に近い容姿の者や獣人も、他国では高額で取引されることがある。法律で禁止しても、役人の目をかい潜《くぐ》って売られていた。

「もしかしたら二人を連れ去ったのと同じ者たちかもしれないですね……おそらくエインを標的にして攫《さら》ったのでしょう――弟を連れ去った者がどこに行ったか、分かる？」

「多分、路地裏の奥にある酒場……だと、思う。一緒に行ってくれるの？」

「ええ、案内してくれるかしら」

期待するような少女の眼差《まなざ》しを受け止め、レイチェルは頷いた。

少女——ミーシャの案内でたどり着《つ》いたのは、路地裏の奥にある一軒の酒場だった。

「私が中に入って様子を探《さぐ》ってみます」

そう提案したのはエミリオだ。

「なっ、兄上⁉」

「髪は濯《すす》げば色が落ちます。完全に戻すと私だとバレるかもしれないので、調整して暗い色にしましょう。その格好で『ここに来たら他の国へ行けると聞いた』と言えば、簡単に侵入できると思いませんか？」

「それは……でも、危険ですわ」

「大丈夫ですよ。武器を持っては行けませんが、いざとなればどうにかできるくらいには強いつもりですので」

「まぁ、王子強いよね〜」

レイチェルはエミリオが武術をしている姿を見たことはなかったが、ウォルトの折り紙付きならば、少しは安心できる。

「タイミングを見て、なんらかの方法で合図をします。そしたら突入をお願いします」

「お兄ちゃん……この笛、持っていって。人間には聞こえないけど、僕には聞こえるから合図に使って」

ミーシャがそう言って、エミリオに小さく細長い笛を渡した。

「ありがとう。助かります」

エミリオはミーシャに優しく微笑《ほほえ》み頭を撫でる。

「エミリオ様……気を付けてくださいね」

「はい。レイチェルさんこそ気を付けて……では、行ってきますね」

レイチェルに微笑《ほほえ》んだ後、エミリオは酒場に向かった。


レイチェルは酒場近くでエミリオからの合図を待った。

ミーシャは笛の音を聞くために集中している。ウォルトは、そんなミーシャを警護していた。

レイチェルは実質アルヴィンと二人きりの状況である。

「……」

「……」

なんとも言えない沈黙が、二人の間に流れた。

「レイチェル……さっきは……その……悪かった」

沈黙を破ったのは、アルヴィンのほうだ。出てきたのが謝罪の言葉だったことに、レイチェルは目を見開いて驚く。

「……え？」

「だから！　チェリーがいなくなって動転していたとはいえ、兄上が言うように失言だったと反省していると言ってるんだ」

少し語気を強めて言い直したアルヴィンは、すぐにばつが悪そうにレイチェルから目を逸《そ》らした。

「……私に謝罪なさるなんて……アルヴィン様は変わられましたわね」

嫌味ではなく、本気でレイチェルはそう思った。以前のアルヴィンであれば、レイチェルに謝罪なんてしなかっただろう。

「いや、お前ほどは変わってないと思うが……」

レイチェルの変わり具合は、怪《あや》しい宗教に勧誘されたくらいである。

「た、確かにそうですわね、私もアルヴィン様も変わりましたわよね……あの、理由をお聞きしてもよろしいでしょうか？」

今のアルヴィンとなら、そんな話ができるのではないかと考え、レイチェルは尋ねてみた。

「俺は……お前との婚約は、お前が望んで無理やり成ったものだと思っていた……」

アルヴィンは遠くを見ながら、ポツリポツリと話し始める。

「だが、パーティで婚約破棄を告げたと父上に報告したら『宰相を説得して、やっと婚約にこぎつけたのに勝手に破棄するとは何事か』と怒られたんだ。その時まで、婚約の経緯なんて知りもしなかった……。その後くらいから、チェリーもハルトもいきなりお前の味方をし始めて……正直腹が立った」

その時を思い出してか、アルヴィンは顔をしかめた。

「あの学園でのやり取り後、妹――アリエルが俺の部屋に来て『レイチェル様が人を見下すような方だと決めつけるなんて――お兄様は何も知らないのですね』と言ったんだ。それで気になって、色々と調べたら……お前が奴隷廃止法の成立に尽力したことを知った。俺は、何も知らないくせにあんな発言をしたのかと……恥ずかしくなった」

「そうですか……」

チェリーが、アルヴィンは何か考え込んでいると言っていたが、彼なりに状況の理解に努め、自分を省《かえり》みていたのだ。

「あの時は、挑発するようなことを言った私も悪かったと思ってますわ……」

パティへのアルヴィンの言葉は最低だが、その前に『婚約を破棄してくださりありがとうございます』と言ったのはレイチェルだ。

「婚約を解消したことは後悔していないが、お前を貶《おとし》めるやり方だったことは、謝らなければと考えたんだ。でも、今さら合わせる顔がなくて……避けていた」

レイチェルがアルヴィンを探しているのに全く顔を合わせなかったのは、こういう理由があったようだ。

「今回、チェリーさんの誘いに乗って孤児院を訪れたのにも理由がおありなのですか？」

「ああ。お前との件で、自分の視野の狭さを思い知ったからな。今まで見ようとしていなかったことを見る機会だと思ったんだ。小さな子どもと接したことなんてなかったから、新鮮だった。それに――」

そこで言葉を切ると、アルヴィンはきっぱりと言う。

「連れ去られた子ども――エインを見た時に、兄上と重なったんだ。髪や目の色もだが、それよりも纏《まと》う空気というか……寂しげに諦めたように外を見ている姿が、兄上にそっくりだった」

「そう、ですか……」

レイチェルもエインを見た時、エミリオと似ていると感じた。

「だから放っておけなくて、サーヤに『声を掛けないのか？』と尋ねたんだ。そうしたら『怖い』と返ってきて……ああ、こんな小さな子にも差別意識が芽生えてしまっているのかと、悲しくなった。それから……俺もお前の侍女に対して『獣人のくせに』と言ったのを思い出したんだ。俺も兄上やエインを差別する者たちと同じことをしていたのだと気が付いて、怖くなった」

アルヴィンは苦しそうな表情で語る。

「アルヴィン様……」

レイチェルがアルヴィンに声を掛けようとした時、ミーシャが声を上げた。

「お兄ちゃんからの合図！」

エミリオが笛を吹いたらしい。

レイチェルには何も聞こえないが、ミーシャの耳がピクピクと動いている。獣人にしか聞こえない音を察知しているようだ。

「じゃあ、さっそく乗り込もうか～」

ウォルトが緊張感のない声で言った。

「あ、ああ……」

緊張した面持《おもも》ちでアルヴィンが立ち上がる。レイチェルもそれに続いた。

「やはりお前も行くのか？　兄上が言っていたとおり、危ないぞ……」

少し気遣わしげにアルヴィンがレイチェルに向かって言った。今までアルヴィンに気を遣われたことなどなかったのでレイチェルは驚く。

「いえ――」

「お嬢さんのことなら大丈夫だよ～」

レイチェルの返事をウォルトが遮《さえぎ》る。

「俺はレイチェルの意見を聞いたのだが……というか、あんたは魔術協会の人間だろう？　なんでレイチェルの護衛なんてしているんだ？　腕は立つんだろうな」

ウォルトは、武術の素養のある人間には全く見えない。

レイチェルも初めてウォルトが護衛だと聞いた時は驚いた。アルヴィンが疑うのは当然だ。

「お嬢さんの護衛をしてるのは、エミリオ王子に頼まれたからだよ～。それに僕、王子様より強いよ？」

そう言ったウォルトは普段のチャラさが嘘のように、冷えた目をしていた。

「――っ」

蛇に睨《にら》まれた蛙状態でアルヴィンが固まる。

「じゃあ、お嬢さんたち行こうか～」

すぐに普段どおりの軽い調子に戻ったウォルトが、レイチェルとミーシャを促《うなが》した。

「ま、待て、置いていくな」

アルヴィンがその後を慌《あわ》てて追いかけてくる。

三人は酒場に近付いた。

「さて、乗り込むのは良いのですが、入り口に強そうな方が立っていますね」

「う～ん、王子様に護衛としての力を見せ付けるために、僕が行くのが最善じゃない？」

ウォルトはサラッと宣言するが、入り口にいるのは彼よりも二回りは大きい屈強な身体つきをした男が三人である。

「じゃ、行ってくる～」

レイチェルたちの返事を待たずに、ウォルトはスッと音も立てずに進み出た。

「なぁ、レイチェル……俺、あの男の言動の端々に棘《とげ》を感じるんだが――って、瞬殺!?」

ウォルトのアルヴィンに対する態度は確かに悪意を感じるが、その理由には心当たりがなかった。

考えていると、アルヴィンが驚いた声を上げる。店を見ると、先程まで立っていた男たちが地面に臥《ふ》していた。

「物騒ですわ、瞬殺だなんて。眠らせただけですわよ……多分」

「そうだよ～、ちょっと眠らせただけだよ～。これで、僕が強いって王子様にも分かったよね？」

自分よりも二回りは大きい男たちを数秒で眠らせたウォルトが、戻ってきて言う。

「店の中にも沢山《たくさん》いるみたいだから、お嬢さんとミーシャは僕の近くにいてね～。王子は自分の身は自分で守ってね～」

「ぐっ……分かってる」

ウォルトのせいで緊張感の薄い一行は、そっと酒場の中に足を踏み入れた。

「あー？　ここはお前らみたいなのが、来る場所じゃねーぞ」

想像していたとおり、中にはガラの悪そうな男たちが数人いた。そのうちの一人が叫ぶ。

「入り口の奴らはどうしたんだ！　誰も入れるなっつったのに」

「外の人たちなら、僕が眠らせたよ～」

「……は？　おいおい、冗談言ってんじゃねぇぞ」

「あはは～、冗談じゃないよ～」

ガラの悪そうな男にチャライ調子で返事をするウォルト……全く緊張感がない。

「ああ、ウォルトさんみたいなのを『空気クラッシャー』って言うのでしょうね」

ついレイチェルは、呆れた声を出してしまった。

「お前……この状況でよくそんな感想が出てくるな。怖くはないのか？」

「……怖いに決まっているでしょう？」

前世を含めてこのような状況になったことなどあるはずもない。先程から緊張で指先の感覚がないし、胃は締め付けられるような感じがして気持ちが悪かった。

実際、レイチェルの顔色は真っ青だ。

「……悪い」

レイチェルの顔色を見たアルヴィンが短く謝罪する。

「もしかして……あの男は緊張をほぐすために、あえてあんな話し方なのか？」

アルヴィンが何かに気が付いたという表情でそんなことを言うが、残念ながらウォルトがチャラいのは通常運転である。

「私の知る限り、ウォルトさんはいつも、あのような感じですわ」

「そうか……いつもなのか……」

レイチェルの返事にアルヴィンが引きつった表情になった。

「――笛の音、あっちのほうから聞こえる」

ふいにミーシャがレイチェルの服を引っ張り、酒場の奥を指差す。

「お嬢さんたちは先に行って～。多分奥のほうにはあまり敵がいないみたいだから、王子様一人でも対応できると思うよ～」

別の部屋から出てきた男たちに応戦しながら、ウォルトが言う。余裕の表情で手際良く男たちの攻撃を避けては剣で峰打《みねう》ちしているが、なにせ数が多い。

「なんで、奥には敵がいないって分かるんだよ！」

アルヴィンがウォルトに向かって怒鳴った。それに対する返答は「あははは～、勘」というものだ。

武術に長《た》けた者は敵の気配を察知できると聞いたことがあったため、レイチェルはウォルトの勘を信じることにした。

（ウォルトさんのチート感にも慣れてきましたわ）

「アルヴィン様、行きますわよ。ミーシャ、あの奥から聞こえるのね」

「うん」

ミーシャの手を引き、レイチェルは走り出す。

「あ、待て」

レイチェルとミーシャの後を、アルヴィンが慌《あわ》てて追いかけてくる。

ウォルトの言っていたとおり、奥の部屋へ通じる通路にいたのは比較的細身の男一人だけだった。

「こっち……あの部屋の中から聞こえる」

通路の最奥に扉が見える。

「あの男は、俺が気絶させてくるから、ここで待ってろ」

アルヴィンはそう言うと、スッと男に近付いていった。

以前チェリーが言っていたように、アルヴィンの剣術も、かなりのものだ。すぐに男を気絶させ、レイチェルとミーシャを手招きした。

心なしか自慢げなのは見なかったことにしよう、とレイチェルは思う。

「この中に、皆がいるんだな……ドアが開かない？」

アルヴィンがドアノブをガチャガチャ回しつつ、扉に体重をかけるが、開く気配が全くしない。

「アルヴィン様、少し良いですか」

そう断ってからレイチェルは扉に手を当て、目を閉じた。

以前、ハルトが部屋に閉じこもった時と同じような状況だ。もしかしたら魔術で結界を張っているのではないかと考えたのだ。

「やはり、結界が張られていますわ」

予想どおり、ドアには何層もの結界が張られていた。どうりでドアノブを回しても、体当たりで開けようとしても、ビクともしないはずだ。

「くそ、このドアさえ開けば……」

アルヴィンが焦《あせ》ったように両手で頭を抱える。

「大丈夫です。少し待っていてください」

レイチェルは扉に手を当てたまま、結界を解除するために意識を集中した。

「大丈夫って――っ?」

何か言いかけたアルヴィンだったが、レイチェルを中心に場の空気が変わったことに気が付き、息を呑む。

(ハルトの結界は土属性のものだけでしたが、今回は基本属性全てですわね。しかも、何やら複雑に絡み合っている感じがします。……でも、できますわ)

本来解除不可能な結界も、リアによってチートになったレイチェルにとっては造作《ぞうさ》もない。

「解けましたわ！」

レイチェルがドアノブを回すと、カチャッと音を立てた。

「……どういうことだ⁉」

アルヴィンが驚愕《きょうがく》の表情を浮かべるが、今は説明している時間がない。

「今度、気が向いたらお教えいたします。それよりも、早く行きましょう」

レイチェルはアルヴィンを促《うなが》し、部屋の中へ足を踏み入れた。

「チェリー！　エイン！　――無事か⁉」

薄暗い部屋の中に数人の人影が見える。その中にチェリーとエインの姿を見つけたアルヴィンが、二人に駆け寄っていった。

ミーシャも弟らしい子に向かって走っていく。

「姉ちゃん？」

「ルーク！　良かったぁ」

各々《おのおの》の捜し人と再会を喜ぶ声が上がった。他の者たちも助けが来たことを理解したようで、喜んでいる。

「エミリオ様」

レイチェルは、皆の様子を見守るように部屋の隅に立っていたエミリオに近付き、声を掛けた。

「レイチェルさん。ありがとうございます」

「いえ。この場所が分かったのはエミリオ様とミーシャのおかげですわ。それにウォルトさんや……アルヴィン様がいたからここまでたどり着《つ》くことができました――それはそうと、どこも怪我をしてないですよね？　ひどい扱いをされませんでしたか？」

部屋が薄暗いためエミリオの詳しい様子を確認できず、レイチェルは彼の腕や胸に直接触れて無事を確かめる。

「大丈夫ですよ。怪我なんてしてません――っ」

「本当ですか？　良かった……」

無事な様子に安心したレイチェルは気が抜け、エミリオに寄りかかるように胸に額《ひたい》をくっ付けた。エミリオが身体を硬くしたが、気の緩《ゆる》んでいるレイチェルは気が付かない。

「お嬢さん、大胆だね～」

端《はた》から見ればレイチェルがエミリオに抱きついているような構図に、遅れて現れたウォルトが、見たままの感想を口にした。

「……大胆？　――っ!?　すみませんエミリオ様!!」

やっと、自分がエミリオに密着していることに気が付いたレイチェルは、慌《あわ》ててエミリオから離れる。

「い、いえ、心配してくれてありがとうございます」

二人の間に気恥ずかしい雰囲気が漂《ただよ》った。

「皆、無事だね？　良かった、良かった〜」

「ウォルトさんも、怪我はしませんでしたか？」

ウォルトは一人で何人もの屈強な男たちの相手をしていた。

レイチェルは、念のために確認する。

「大丈夫、大丈夫。あ、上で寝てる男たちは、自警団の人たちに任せてきたから心配しなくて良いよ。人身売買をしてる組織の末端だったみたいでさ、自警団の人にお礼言われたよ〜」

「そうでしたの……」

末端ということは、その上にいくつもの大きな組織があるということだ。

考え込むレイチェルに、ウォルトが言う。

「後のことは自警団の人やお役人に任せて、僕らは戻ろう。攫《さら》われてた人たちも、疲れてるだろうしね〜」

「そうですわね。帰りましょう」

情報の少ない現段階で、人身売買などという大きな犯罪に手を染めている組織に深入りするのは、得策でない。それよりは、攫《さら》われた人たちの安全を確保するべきだ。

皆、無事に救出でき、当初の目的は達成した。

エインやチェリーよりも前から攫《さら》われて部屋に閉じ込められていた子どもたちは、特に疲労が強く立つのがやっとの子もいたため、エミリオとウォルトが背負って部屋を出た。

因《ちな》みにアルヴィンは眠ってしまったエインを背負っている。

こうして、攫《さら》われたチェリーとエインを無事に救出し、施設に戻ることができたのだった。

第七章　アルヴィンの宣言

人攫《ひとさら》い事件から数日経《た》った良く晴れた午後。

レイチェルとチェリーは学園の庭園に来ていた。

「それにしても、アルヴィン様の様子を観察するだけでしたのに、大変な一日でしたわね……チェリーさんは、もう大丈夫ですか？　怖かったでしょう？」

「はい、だいぶ落ち着きました。すみません、あの時は取り乱してしまって」

レイチェルたちが助けに行くまではエインを抱き締めて必死に涙をこらえていたチェリーだったが、アルヴィンの姿を見た瞬間に気が緩《ゆる》んで大泣きしてしまったのだ。

孤児院に戻ってからも、彼女はしばらくアルヴィンやレイチェルにくっ付いて離れなかった。

それを思い出したチェリーは、顔を赤くして縮こまっている。

「そういえば、チェリーさんに聞きたいことがあったのですが……」

「はい、なんでしょうか？」

「アルヴィン様との関係に不安があったようなので……どうしたのかなって」

宿でのチェリーの様子を思い出し、レイチェルは尋ねた。

男の子に囲まれるチェリーを見てアルヴィンが悔しそうにしていたと教えると、彼女は安堵《あんど》の表情を浮かべていた。あれはなんらかの不安を抱いていたからこその反応だったのではないか。

「えっと……アルヴィン様が好きなのはゲームの〝チェリー〟であって、〝チェリー〟を演じることをやめた自分からは、心が離れていくかもしれない、嫌われてしまったらどうしようって思ってて……」

「そうでしたの。杞憂《きゆう》に終わって良かったですわね」

チェリーが攫《さら》われた時のアルヴィンの様子を見る限り、心が離れていっているなんてことは考えられない。

「はい……っ」

「――って、どうして泣くんですの」

「すみません、色々と思い出してしまって……」

ぐすぐすと泣き出すチェリーに、レイチェルは笑いながらハンカチを渡す。二人の様子は誰が見ても仲の良い友人同士だ。

その時、誰かが庭園に近付いてくる足音がした。

「ここにいたのか」

薔薇《ばら》のアーチを潜《くぐ》って現れたのはアルヴィンだ。チェリーの姿を見つけて、ホッとしたような表情になる。

流石《さすが》、メイン攻略対象者というべきなのか、背後の薔薇《ばら》が大変似合うイケメンぶりである。

「私が泣かせたのだとは言わないのですか？」

チェリーが涙を流す姿を見ても自分を責めないアルヴィンに、レイチェルは少し意地悪く尋ねた。

「だから、この間のことは悪かったと……笑うな」

焦《あせ》って答えるアルヴィンの姿がおかしくて、レイチェルはフッと笑みを零《こぼ》した。

「ところで、どうされたのですか？　今日は、私の父が政治についてお話しするのではなかったのですか？」

朝食の際にリアムがそう話していたことを思い出す。

アルヴィンは、政治だけでなく帝王学や歴史についても、今までサボっていたのが嘘のように真面目に勉強し始めたらしい。

リアムは「いつまで続くかな?」と言いつつも、嬉しそうな表情をしていた。

「うっ……覚えている。これから向かう予定だ。――……ここに来たのは、聞いてほしいことがあったからだ」

顔を引きつらせながらアルヴィンは庭園を訪れた理由を口にした。

「聞いてほしいことですか?」

「ああ……」

言葉を切り俯《うつむ》いてしまったアルヴィンに、レイチェルは続きを急《せ》かさず、黙って待った。

「……レイチェル、今回はお前や兄上、あとウォルトやミーシャがいたおかげでチェリーとエインを助けられた……だから、礼を言う」

顔を上げたアルヴィンは、レイチェルの目を見据《みす》えた。その表情からは、彼の真剣さが伝わってくる。

「それから……お前や侍女には、本当に無神経なことを言った。許してくれとは言わない……そんなことを頼む資格、今の俺にはないと分かっている。だから……その、これから変われるように……王子――次期王として、この国の民が誇れる王になるように努力するから、見守っていてほしい――それを、伝えたかったんだ」

自分に言い聞かせるように、アルヴィンはレイチェルに向かって宣言した。

この時レイチェルは、自分の〝逆ざまぁ〟が達成されたのだと感じた。

お人よしなのかもしれないけれど、復讐することだけが正しいわけじゃない。

たまにはこんな〝ざまぁ〟があっても良いじゃないか！

庭園に穏やかな風が通り、三人の髪を揺らす。

「分かりましたわ……パティにも伝えておきます。アルヴィン様が努力する姿を陰ながら見守らせていただきますわ」

そう言ったレイチェルの顔には、今までで一番の穏やかな笑みが浮かんでいた。

「……ああ。見ていてくれ」

アルヴィンはレイチェルの言葉を聞き、ホッとしたような表情でそう返すと、庭園を後にする。

彼が立ち去ってすぐ、チェリーがレイチェルにギュッと抱きついてきた。

「チェリーさん？　どうしましたの？」

「レイチェル様……アルヴィン様は、〝次期王としてこの国の民が誇れる王になるように努力する〟っておっしゃいましたよね？」

「ええ、おっしゃいましたわ」

確認するような問いに、レイチェルは疑問を抱《いだ》きながら答える。

「あの台詞《せりふ》……ゲームのエンディングで、アルヴィン様が宣言する台詞《せりふ》なんです！　良かったっ」

レイチェルの肩に顔を押し当てるようにして、チェリーが嗚咽《おえつ》を漏らした。

「今日の貴女《あなた》は泣いてばかりですね」

そう言いながら、レイチェルは優しく彼女の薄桃色《うすももいろ》の髪を撫でた。

ゲームのエンディングの台詞《せりふ》を口にした――つまりそれは、アルヴィンに王族としての自覚が芽生え、成長したことを意味している。

実際、彼は変わろうと努力しているし、平民や獣人に対しての考え方を変えた。

想定外の出来事もあったが、〝アルヴィン更生計画〟は結果として成功したと言って良いだろう。

チェリーの涙に釣られてレイチェルも涙が出そうになる。

「私たちもアルヴィン様に負けていられませんよ。一緒に頑張っていきましょうね！」

泣きそうになったのを悟られないように言い、レイチェルは微笑《ほほえ》んだのだった。

エピローグ

〝アルヴィン更生計画〟から数日後の午後。

エミリオは、変装に使った眼鏡《めがね》をウォルトに返すため、魔術協会を訪れた。

「ウォルト、ありがとうございました」

「あ～、それは王子にあげたものだから、そのまま持っていいよ。それにしても、この間は大変だったけど、たまには外の空気に触れるのも良いね。新しい術式も、色々と思い付いたんだ～」

一日目のカフェで、アルヴィンたちを観察しながら、新しい術式をいくつか完成させたのだと、ウォルトが満足げに話す。

「……どこに行ってもブレませんね」

相変わらずの様子に、エミリオは苦笑した。

「そういえば気になること聞いたんだけど、お嬢さん、小さい頃に王宮の池で溺《おぼ》れたことがあるんだって。内容を聞いたら、小さい子にありがちな魔力の暴走だと思ったんだけど……」

そこで言葉を区切ったウォルトに、エミリオは首を傾《かし》げる。

「何か気になることがありますか？」

子どもはコントロールが未熟なため、体調の変化や感情の起伏につられて魔力の暴走を起こすことがある。

それは、エミリオも知っているし自身で経験したこともある。

「う～ん、魔力の暴走は別におかしくないんだけど……お嬢さんは『アルヴィン様に助けてもらった』って言ってたんだ……」

「その話は城内では有名ですよ」

アルヴィンの婚約者として初めてレイチェルが王城を訪れた際、レイチェルが城の裏庭にある池に落ちた。それを見つけて助けたのが、アルヴィンだとされている。

当時城に仕《つか》えていた者なら、皆知っていた。

エミリオはそれでいいと思っている。

「でもさ、アルヴィン王子の属性は『火』でしょ？　火は水には克《か》てないはずなんだよね……普通に溺《おぼ》れたんなら属性は関係ないんだけど、魔力の暴走が原因で溺《おぼ》れたんなら、アルヴィン王子じゃ助けられないと思うんだよねぇ」

そう言って、ウォルトは窺《うかが》うようにエミリオをチラリと見た。

「……それなら、魔力の暴走じゃなくて、普通に池に落ちて溺《おぼ》れたのかもしれませんね」

少しの沈黙の後、エミリオは静かに言った。

「でも……」

「魔力の暴走は、ウォルトの気のせいですよ」

エミリオが有無を言わせぬ笑顔で否定したので、ウォルトは続きを言うのを諦めたように溜息《ためいき》をつく。

「――分かった、そういうことにしておくよ……それはそうと、王子は、お嬢さんに気持ちを伝えないの？」

「……」

ウォルトの問いに無言で返すエミリオ。

「この前のお嬢さんの様子を見てたら、少なくとも王子のことを嫌ってないのは分かってるんでしょ？」

嫌ってないどころか、レイチェルもエミリオに好意を持っていることに、ウォルトは気が付いているが、あえてそういう言い方をした。

気持ちを伝えるのは当人同士の問題だ。

しかし、人生諦め気味だったエミリオは、自分の気持ちを積極的にレイチェルに伝える気にはなれない。

「アルヴィン王子との婚約を正式に解消したってことは、これからお嬢さんに新しい婚約の話が出てくるだろうし……王子はそれで良いの？」

後押しするようにウォルトがエミリオに問い掛ける。

「それは……」

ウォルトの問いに答えられず、エミリオは俯《うつむ》いて言葉を詰《つ》まらせたのだった。

＊＊＊＊＊

エミリオとウォルトがそんな会話をしていた日の夜。

レイチェルは久しぶりにリアの空間にいた――といっても前回と同様に、レイチェルの部屋を模《も》しているので、自分の部屋にリアを招いたような感覚である。

「――ところで、エミリオとの関係はどうなったのじゃ？　何か進展はないのか？」

〝アルヴィン更生計画〟の顛末《てんまつ》を説明しひと息ついたところで、リアが唐突に聞いてきた。

「し、進展……」

レイチェルはチェリーたちを救出した時のことを思い出す。

頭に浮かんだのは、エミリオが無事であることが分かり、思わず抱きついてしまったことだ。

ウォルトに指摘されたように、自分でも大胆なことをしたと顔が熱くなる。

(暗かったとはいえ、人前であんなことをするなんて……)

「なんじゃ、抱きついただけではないか」

レイチェルの思考を読んだリアが、呆れたように言う。

「もっと、ぐいぐいと行かねば進展せぬぞ」

簡単に言うが、エミリオへの気持ちを自覚してから、普通に会話するだけでもドキドキするのだ。悟られないようにするので精一杯である。

「別に隠す必要はなかろう？　好意を示されて嬉しくない者はおらぬだろうし――特にエミリオは、これまで畏怖《いふ》の目で見られることが多かったから、好意を向けられれば、喜ぶのではないか？」

「それは、そうなのですが……」

人に畏《おそ》れられることを、仕方がないと諦めているようだったエミリオを思い出す。

レイチェルは、彼のそのような表情は見たくない。

しかし、好意を伝えて迷惑に思われないかとか、嫌われたらどうしようとか、考えてしまうのだ。

それに、何よりも恥ずかしい。

「まったく初心《うぶ》じゃの——じゃが、エミリオもおぬしのことを嫌っている様子はないし、以前も言ったが、もっと積極的に行っても良いと思うぞ」

エミリオは人間関係に一歩引いたところがある。生い立ちを考えれば仕方のないことだ。

ここはレイチェルが積極的に行くほうが進展が早い、とリアは諭《さと》したのだった。

＊＊＊＊

翌日、レイチェルは魔力検査のため魔術協会を訪れた。

先日の事件で魔力を使ったので、検査に来るようにとウォルトに言われていたのだ。

無事に検査を終えたレイチェルは、借りていた本を返却しようと、図書館に足を向ける。

本を返却し、新しい本を借りようと奥の本棚へ向かい——そこで、エミリオと遭遇した。

「エミリオ様……」

「レイチェルさん……」

名前を呼び合った後、お互いに無言になる。

館内が静かなため、余計にその静寂がいたたまれない。

「あ、あの……今日はどのような本を読んでいらっしゃるのですか？」

初めに沈黙を破ったのはレイチェルだ。エミリオが抱えている本を示し、尋ねる。

「あ……えっと、新しい画集がありましたので……」

そう言いながら、エミリオが画集の表紙を見せてくれる。

今回の画集は夜空が描《えが》かれているものだった。

「綺麗ですね」

（……一緒に見たいってお願いするのは、ご迷惑かしら）

昨夜のリアの言葉を思い出し、レイチェルはエミリオに尋ねる。

「あの、ご迷惑でなければ……その、一緒に見てもよろしいですか？」

「ええ、いいですよ。では、あちらで座って見ましょうか」

エミリオはふわりと笑った後、レイチェルを窓辺の席に誘導した。

並んで座り、画集を見せてもらう。

初めてエミリオと図書館を訪れた時と同じシチュエーションだが、今は状況が違う。

今のレイチェルはエミリオが好きだと自覚しているのだ。

(き、緊張しますわ)

見せてもらっている画集には満天の星々や星座についての説明などが書かれていた。

一応内容は頭に入ってくるものの、隣に座るエミリオを意識してしまい、レイチェルの身体が硬くなる。

「レイチェルさん？　大丈夫ですか？」

緊張が伝わったのか、エミリオが気遣わしげに声を掛けてきた。

「は、はい、大丈夫ですわ」

レイチェルはそう笑顔で返したが、おそらく上手《うま》く作れてはいなかったに違いない。

緊張しているのがバレバレである。

「そうですか……」

エミリオがレイチェルから少し距離を取ったのが分かった。

(あ……こんな態度では、エミリオ様を勘違いさせてしまいますわ)

前世を思い出す前のレイチェルは、エミリオに対して心の奥で緊張していた。それが畏怖《いふ》からくるものであったことは、エミリオも知っている。

その時と同じで怖がっていると思わせてしまったのではないかと、レイチェルは気が付いた。

「ち、違います！　エミリオ様が怖くて緊張しているのではありません！　え、えっと、その……緊張の種類が違うといいますか……い、意識してしまうのです！」

（って、私、何を口にして……）

エミリオに詰《つ》め寄り一気に言い放つと、レイチェルは我に返った。

「あ、えっと……し、失礼いたします！」

恥ずかしさで赤面しながら椅子から立ち上がり、逃げた。

パタパタと令嬢らしからぬ足音を立てて走り去る。

なので、取り残されたエミリオが顔を赤くしていることに、彼女は気が付かなかった。


――ところで、王城では定期的に夜会が開かれている。

公爵令嬢であるレイチェルも、社交界デビュー後は、毎回参加していた。

「レイチェル、明日の夜会は、誰にエスコートしてもらうのだ？」

ある日、久しぶりに早く帰宅したリアムが尋ねる。

明日の夜会は数年に一度の星降り――流星群を観賞するために催《もよお》されるのだ。

これまでの夜会は、婚約者だったアルヴィンがエスコートをしていた。

「考えていませんでしたわ……一人で行くわけにはいきませんわよね……」

学園のパーティなら、パートナーが見つからない場合は一人で行く令嬢もいる。実際、前回の学園のパーティでは、アルヴィンのエスコートがなかったので、レイチェルは一人で会場に行った。

しかし、今回は王室主催の夜会である。

女性は誰かのエスコートを受けるのが基本だ。婚約者や恋人がいない場合は、身内がエスコートするのだが、宰相であるリアムは、明日も朝から王宮で仕事があるためそんな暇はないだろう。

「誰か、意中の殿方はいないの？」

「それは……」

母、エマから、さらりと尋ねられたレイチェルは、言葉に詰《つ》まる。

意中の殿方はいるが、彼は公《おおやけ》の場には出られない。

(それに、この間、恥ずかしいことを言ってしまいましたし……合わせる顔がありませんわ)

勢いのまま告白まがいの発言をした挙句、その場から逃げてしまったのだ。

とても気まずい。

「姉上、もしよろしければ、僕がエスコートさせていただいても良いですか？」

レイチェルの様子を見ていたハルトがそう提案する。

「いいの？　でも、ハルトも誰かをエスコートする予定があるのではないですか？」

「今回からは、その……チェリーさんはアルヴィン様がエスコートされますので、特に予定はありません」

「そういえば、今までのパーティではハルトがチェリーさんのエスコートをしていましたわね」

婚約破棄を言い渡された例のパーティまでは、レイチェルのエスコートをアルヴィンがしていたため、チェリーのエスコートはハルトがしていたようだ。

「それなら、お願いしても良いかしら？」

「はい、よろしくお願いします、姉上」

ハルトが笑顔で頷いた。

ふとレイチェルはエミリオのことを考える。

（エミリオ様は夜会の間、どこにいらっしゃるのでしょうか……）

今までどのパーティでもエミリオの姿を見たことはなかったので、今回も出席しないだろうと予測できる。

では、どこで過ごしているのか？

賑やかなパーティの喧噪《けんそう》を聞きながら、一人で過ごしているのだろうか？

エミリオの諦観《ていかん》した笑顔がレイチェルの脳裏に浮かんだのだった。


夜会当日。

予定どおりハルトにエスコートしてもらい、レイチェルは王宮を訪れた。

レイチェルのドレスは、淡い水色の生地に銀糸で緻密《ちみつ》な模様が描かれている。星降りの観賞が今日の目的なので、屋外でも映《は》えるドレスを選んだのだ。

「レイチェル様、綺麗です」

レイチェルを見つけたチェリーが、アルヴィンを伴《ともな》って小走りで近付いてきた。

少し前までは、アルヴィンを巡る騒動の当事者二人が一緒にいるところを見られると、余計な詮索をされるのではと危惧《きぐ》し、コソコソと話をしていた。しかし、ほとぼりがだいぶ冷めてきたため、ここ数日は割とオープンに話をするようになっている。

周囲の反応も、レイチェルが笑顔を見せた時と比べると淡白だった。

あの二人って、仲良いんだ？　くらいの反応だ。

それはそれで釈然としないとレイチェルは思ったのだが、変に注目されるよりは良いと、気持ちを切り換える。

「チェリーさんは、今日も可愛らしいですわよ」

今日のチェリーは、フリルたっぷりの薄桃色《うすももいろ》のドレスを着ている。

「本当ですか、ありがとうございます」

レイチェルの言葉にパッと笑顔になったチェリーは、レイチェルの腕に抱きついてきた。

「おい、チェリー、あまりレイチェルにくっ付くな」

そんなチェリーの腕をアルヴィンが引く。

少しむくれているところを見ると、レイチェルにヤキモチを妬《や》いているようだ。

「なんですの、ヤキモチですか？　全く、心が狭いですわよ」

「そんなんじゃない！」

図星を指されたアルヴィンが慌《あわ》てたように頭を横に振る。

「ヤキモチじゃないが、最近のお前たちは仲が良すぎる気がする……」

レイチェルから目を逸《そ》らし、小声で言い訳をするアルヴィンだが、ヤキモチ以外の何物でもなかった。

（それをヤキモチと言うのですよ、アルヴィン様）

レイチェルは呆れたようにアルヴィンを見る。

「そ、そうだ、レイチェル、兄上なら二階のバルコニーにいると思うから、後で行ってみるといい」

「な……っ」

アルヴィンの言葉に、今度はレイチェルが動揺し言葉を詰《つ》まらせた。

仕返しとばかりにニヤリと笑ったアルヴィンは、レイチェルの反応に満足したようにチェリーの手を引いて、去っていった。

(も、もしかして、私がエミリオ様のことを好きだと、アルヴィン様にもバレていますの!?)

チェリーにも、早い段階でバレていた——というよりも、チェリーからの問い掛けで、レイチェルは、エミリオへの気持ちを自覚したくらいである。

自分が思っているよりも気持ちがダダ漏れである事実に、レイチェルは恥ずかしさが込み上げた。


それからしばらくして、王の挨拶で夜会が始まった。

緩《ゆる》やかな音楽が流れる中、アルヴィンとチェリーが踊っているのを、レイチェルは壁に背を預けて見ている。

チェリーは、とても幸せそうな笑顔だ。

それを見つめるアルヴィンも、楽しそうにしていた。

「次期王として頑張っていく」と宣言したとおり、最近のアルヴィンは勉学に励んでいるとチェリーが言っていた。リアムの評価も上々である。

元々は自分が平和に生きていくために、アルヴィンの意識を改革しようと計画したことであったが、彼が変わった事実は純粋に嬉しいものだった。

（アルヴィン様が変わって……将来の不安もひとまず消えました――）

そこで思い出すのは、リアの言葉だ。

（『後悔せぬよう生きるが良い』って言っていましたわよね……）

心を入れかえたアルヴィンならば、この国の行く末も心配いらないだろう。将来への不安が完全に取り除けたわけではないが、それは誰しも同じことだ。

（後悔……）

ふとレイチェルは、窓越しに夜空を見上げた。

まだ星降りの時間には早いため、そこには、普段見慣れた夜空が広がっている。

（エミリオ様は、一人でこの空を見ているのかしら）

そう思った後、ほぼ無意識で身体を動かしていた。

レイチェルは、二階へ続く階段に向かって歩き始める。

本来、二階は立ち入り禁止だ。

しかし、階段の途中にいる衛兵は、レイチェルを咎《とが》めることなく通してくれる。もしかしたら、アルヴィンが事前に伝えていたのかもしれない。

二階の奥まで進み——アルヴィンが言っていたように、エミリオの姿をバルコニーに見つけた。

そこでレイチェルは足を止める。

(この間のことは、やっぱり恥ずかしいですわ……でも……)

図書館での自分の発言を思い出すと、恥ずかしさが込み上げる。しかし、それよりもエミリオを一人にしたくないという気持ちのほうが強かった。

エミリオは扉に背を向けて立っているため表情は見えないが、一人で立っている姿はどこか寂しそうに見える。

レイチェルは一度深呼吸をしてから扉をそっと開け、エミリオに話し掛けた。

「エミリオ様」

驚いたように肩を震わせたエミリオが振り返る。

「レイチェルさん？　……どうして」

「その……アルヴィン様が、エミリオ様はバルコニーにいるはずだと、教えてくださいましたので……」

「アルヴィンが？　そうですか……私がここにいるのを、知っていたのですね」

アルヴィンがエミリオの行動を把握しているとは思わなかったのだろう。エミリオは目を見開いた。

「エミリオ様は、いつも……パーティの時は、ここで過ごされていたのですか？」

「そうですね。だいたいここから、聞こえてくる音楽に耳を傾《かたむ》けたり、声を聞いたりしていました」

やはりエミリオは一人で過ごしていたのだと知り、レイチェルは悲しい気持ちになった。

「今日は一緒に、星を眺《なが》めても良いでしょうか？」

「それは……レイチェルさんは、パーティに戻らなくても良いのですか？」

「私が、エミリオ様と一緒にいたいのです……ご迷惑ですか？」

ここにエミリオがいることを教えてくれたのはアルヴィンだ。もしレイチェルがいないと誰かが騒いだとしても、適当に誤魔化してくれるだろう。

それにレイチェルは、エミリオと過ごしたかった。

「──っ、いいえ……嬉しいです」

一瞬息を詰《つ》めた後、エミリオは穏やかに笑った。

レイチェルは、エミリオに拒否されなかったことに安堵《あんど》する。

エミリオの隣に行くと、並んで夜空を見上げた。

「冷えますので、これを羽織《はお》ってください」

そう言ってエミリオがレイチェルの肩に、自身の上着を掛ける。

「ありがとうございます──星が、綺麗ですね」

見上げた夜空には、宝石のような星々がきらめいている。

さっき窓越しに見た夜空とは別のものに見えるのは、隣にいるのがエミリオだからだろう。

「そう、ですね。とても綺麗ですね……」

「……」

遠くにパーティの喧噪《けんそう》を聞きながら、二人は静かに夜空を眺《なが》める。

「……少し、弱音を吐いてもいいですか？」

夜空に視線を向けたまま、エミリオが言葉を紡ぐ。

「……こうやって過ごすのは慣れているはずなのですが……やはり、今日のような賑やかな日に一人でいるのは、世界に取り残されている気がして……気持ちが沈んでいました」

呟《つぶや》くような小さな声で、エミリオは気持ちを吐露《とろ》した。

レイチェルはギュッと胸が締め付けられたみたいな気持ちになる。

「でも今日は、レイチェルさんが来てくれて……一緒にいてくれる。さっきまでと同じ空を見ているのに……全く別のものに見えるんです。こんなにも美しいものだったんですね……」

レイチェルと全く同じことをエミリオも感じていると思い、ドクンと鼓動が高鳴った。

「私は……エミリオ様と一緒にいると、温かい気持ちになります……この前言ったように、緊張はしますが、それよりも、もっとエミリオ様を知りたい……」

エミリオの手を握り、レイチェルは自分の感情を言葉にする。

「これからも、一緒に過ごしたいです」

レイチェルの言葉を聞き、エミリオが何かをこらえるような表情になる。

「私と一緒にいることで、貴女《あなた》までいわれのない悪意を向けられるかもしれないのですよ？」

俯《うつむ》いたまま、苦しそうに尋ねる。

「気にしません」

レイチェルはきっぱりと言った。

悪意の中をエミリオが一人で耐えていることのほうがレイチェルにはつらい。

「貴女《あなた》を不幸にしてしまうかもしれません」

「エミリオ様と一緒にいられれば、私は幸せです――貴方《あなた》のことが好きなんです」

レイチェルは自分の気持ちをエミリオに伝えた。

「――っ」

気が付くとレイチェルはエミリオの腕の中にいた。上着ごと抱き締められ、エミリオの匂いに包まれる。

「……ありがとうございます……私もレイチェルさんのことが好きです」

少し震える声で、エミリオが囁《ささや》いた。

そっと、レイチェルはエミリオの背中に腕を回す。

エミリオの肩越しに見上げた夜空に、無数の流れ星が見えた。

それはまるで、想いを通じ合わせた二人を祝福するかのようだった。

番外編
アルヴィンとウォルト

俺の名前はアルヴィン・ランドール。
知ってのとおり、この国の王子だ。
少し前までの俺は、本当にどうしようもない性格だった。
愚《おろ》かなことをしていたと、今なら分かる。
しかし、その時は自分のしていることは全て正しいと思い込んでいたんだ。
周りの言葉で自分を省《かえり》みた俺は、今は民が誇れる王になるべく勉学に励んでいる。

そんな俺は、現在、気になっていることがあった。
レイチェルが無表情じゃなくなったことや、どうして属性の混ざり合った結界をいとも簡単に解除したのかだ。……そういえば、気が向いたら教えるといっていたが、教えてもらってないな！

いや、主にレイチェル関連で気になることは沢山《たくさん》あるんだが、今回は置いておくとしよう。

気になりだしたら、キリがないレベルで多いからな。

だから今日は、もう一つの気になっていることを調べることにする。

それは、ウォルト・ハネストという男のことだ。

ウォルトは、見た目のチャラさに反して、魔術協会の属性管理局局長という立派な肩書きを持っている。

兄上とは古い付き合いで、友人同士らしい。

だが、俺とは、お互い顔と名前を知っているくらいの面識しかなかった。

まともに話をしたのは、今回の事件中が初めてだ。

なぜ魔術協会の人間がレイチェルの護衛をしているのか、本当に頼りになるのか……

どう見ても俺よりも強く見えなかったから、酒場に乗り込む前にそう問い詰《つ》めた。

——僕、王子よりも強いよ？

そう言ったウォルトは、それまでのチャラさが嘘のように冷たい視線を俺に向けた。

それからも、なぜか俺に対する言動が刺々《とげとげ》しい。

なぜだ。

確かに弱そうだと判断して問い詰《つ》めはしたが、それだけが理由とは考えられない。

そもそも、魔術協会の人間が、大男を秒で眠らせるほど、武術の心得があるなんて、誰も思わないだろう。

そんなわけで、今日はウォルト・ハネストがどういう男か確認するために、俺は魔術協会に潜入していた。


潜入といっても、スパイのように忍び込んではいない。

魔術協会の図書館に行くという兄上に付いてきたのだ。

兄上は本当にできた人間だと思う。

闇属性でなければ、間違いなく次期王は兄上だ。

そのことが俺の中で負い目になっていて、数年前から兄上と疎遠になっていた。そんな俺の態度のせいで、兄上は俺に嫌われていると思っていたようだ。

兄上を嫌うなんて、絶対にないんだけどな。

今回の事件を通して、兄上と昔のような関係に戻れて良かった。

昨日、兄上の部屋に伺って、どうも自分はウォルトに嫌われているらしいが、その理由が分からない、何か心当たりはないかと聞いてみた。

「特にアルヴィンについて話しているのを聞いたことはないですが……」

ウォルトと兄上の会話に、俺は登場しないようだ。

しかし、理由が分からず嫌われるのは、モヤモヤするな。

「直接、本人に尋ねてみたら、教えてくれるかもしれないよ」

考え込んでいると、兄上がそう提案した。

「……教えてくれますかね？」

「それは、ウォルトの気持ち次第だけど……私が聞くよりも、アルヴィンが自分で聞きに行くことに意味があると思うよ」

俺は今まで、自分を嫌っている者の意見を聞こうとしてこなかった。

自分に都合の良いことを言ってくれる者の言葉のみを聞き、親しい者にしか心を開かなかったのだ。

それではいけないと今は分かっている。

「ちょうど明日、魔術協会に行こうと思っていたから、一緒に行こうか」

そんな流れで、俺は魔術協会を訪れることになったわけだ。

で、なぜ潜入なのかだが——直接話を聞きに行く前に、相手のことを知っておきたいと思ったからだ。

決して、一人でウォルトに突撃するのが怖いとかではないぞ。

因《ちな》みに兄上は、「ウォルトは、多分研究室にいると思うので、頑張ってください」と言い残して、すぐに図書館へ行った。

もしかして兄上が研究室まで一緒に行ってくれるのではないかと、少し……いや、結構期待していたのは都合の良い話だよな。

と、とにかく、今からウォルトの観察をして、最終的に話し掛けることにした。

幸い、今日の語学の授業は宰相が忙しくて延期になったので、自由な時間がそれなりにある。


研究室の扉を少し開けて中を覗くと、兄上が言っていたようにウォルトがいた。

机に向かって何か作業をしているようだ。

扉には背を向けているから、俺のことは見えていないだろう。

――観察を始めて約三十分。

ウォルトは相変わらず、同じ体勢で作業をしている。

あまりにも動かないため、一瞬眠っているんじゃないかとも思ったが、よく見ると手元が動いていた。

すごい集中力だ。

というか、三十分も研究室の扉の隙間から中を窺《うかが》う俺って、端《はた》から見たらヤバイよな。

今のところ、誰も通りかかっていないから良いけど……

しかし、全く動く様子がないウォルトを観察している意味はあるのか？

一旦研究室から離れようかと考えた時、背を向けたままのウォルトが、突然話し掛けてきた。

「王子様～、用事があるなら部屋に入ってて良いよ」

いや、こっち全然見てなかったよな。

俺だって一応武術は習っている。気配の消し方とかは分かってるつもりだし、実践もしていたんだけど⁉

「な、なんで……」

驚いて口をパクパクさせていると、ウォルトが手を止めて振り返った。

「僕が気配読めるの、王子様も知ってるでしょ～？」

そうだった。

チェリーたちを助けに酒場に乗り込んだ際も、ウォルトが敵の気配を読んでいたのを思い出す。

「う……いつから気が付いていたんだ？」

「え？　王子様が部屋の前に来た時から」

まさかの扉を開ける前からだった。

「気が付いていたなら、早く言えよ……」

「だって、用事があるのは王子様でしょ～。僕から声を掛ける義理はないかなって？

でも、一向に入ってこないし、作業に集中できなくなってきたからさ～」

やはり塩対応だ。

いや、勝手に覗き見していたこっちが悪いのか？

「悪かったな……」

集中を妨《さまた》げたことは俺が悪いので、謝っておく。

「で？　僕になんの用事があるの？」

「それは……」

やばい、なんと切り出すか考えていなかった。

いきなり「どうして俺のことを嫌っているんだ？」なんて聞くのもなあ。

「少し、話をしてみたいと思って……な」

「へ～？　……まあ、いいや。ちょっと休憩にするよ。王子様、あっちの椅子に座りなよ」

ウォルトが回転椅子ごとくるりと身体をこちらに向け、胡乱《うろん》な目で俺を見る。けれど文句は口にせず、部屋の隅にある簡易椅子に座るように勧めてきた。

「あ、ああ」

俺は勧められた椅子に素直に座る。

「コーヒーしかないけど、良いよね～」

ウォルトはカップではなく、実験で使う目盛のついた容器を持って向かい側の椅子に座った。容器にはコーヒーが入っているらしく、俺の前にも同じものを出す。

「それ……実験器具じゃ？」

思わず呟《つぶや》く。

「あー、奥の部屋に行けばカップがあるんだけど……これもちゃんと洗ってるし、大丈夫だよ～。王子やお嬢さんにも使ったけど、問題なかったし～」

ちょっと待て、兄上やレイチェルにも、この実験器具でコーヒーを出したのか？

兄上は昔からの付き合いだし慣れているのかもしれないが、レイチェルとウォルトはそんなに昔からの知り合いではないだろう？

一応婚約者だったから、レイチェルの交友関係は把握している――少し前までのレイチェルの行動範囲は、学園と王宮と自宅の三つしかなかった。

俺の知る限り、レイチェルが魔術協会に来ていたことはない。ここを訪れるようになったのは最近のことだ。

そんな相手にもこの対応なのか？

いや、それ以前に、実験器具でコーヒーを出してくるのがおかしい……

「気になるなら、飲まなくても良いよ～」

「……飲む」

なんだか試されている気分になり、俺は容器に手を伸ばす。

ヤケ気味にコーヒーに口を付けると、意外に美味《うま》かった。

「この前、お嬢さんからもらったコーヒーだから美味《おい》しいでしょ～」

俺の反応を見て、ウォルトがニヤリと笑う。

なるほど、容器はともかくとして、中身のコーヒーはレイチェルが用意したものなら、きちんとした銘柄のものだ――良かった、変な薬の味とかしないで。

「それで、話をしてみたいって言ってたけど？」

「それは……あ、この前は……その、助かったと、礼を言ってなかった」

「ああ、あれはお嬢さんの護衛として行ってたから、別に王子様にお礼を言われなくても良いんだけど……どういたしまして？」

まあ、確かにレイチェルの護衛ならば、彼女を守るためにあの行動になったのだろうが……世話になったのは事実。礼はして当然だ。

だが、次に何を言えばいいか、分からなくなる。

「……」

会話が続かない。

「王子様、なんでお嬢さんが、いたかは聞いた？」

はあっと溜息《ためいき》をついたウォルトが、質問してきた。

「あ、ああ、レイチェルとチェリーから聞いた」

チェリーの救出に向かう途中、レイチェルがあの場にいた理由は本人から打ち明けられていた。

チェリーが孤児院に行きたいと言ったのは、レイチェルとチェリーの計画だったことも含めてだ。

『騙《だま》すようなことをしてごめんなさい……でも、民がどんなふうに暮らしているのかアルヴィン様に見てもらいたくて……』

事件後、チェリーも恐る恐るといった様子で俺に話してくれた。

少し前の俺なら、間違いなくバカにされていると考えただろう。

でも今なら分かる。

そんな計画を立てなければいけないほど、俺がどうしようもなかったのだ。

チェリーとエインが攫《さら》われたのは、本当に予期せぬことだったらしい。レイチェルは、俺の前に姿を現す予定はなかったと言っていた。

そして、孤児院での俺の様子や、チェリーからの話、事件への対応から、俺が変わろうとしていることに気が付いて安堵《あんど》したとも。

もっとも俺は、姿を現したレイチェルに、またしても貶《おとし》めるような発言をした。

チェリーがいなくなって動転していたとはいえ、自分でもひどいことをしたと反省している。

レイチェルの護衛として行動を共にしていたウォルトは、その様子を見ていたのだ……棘《とげ》のある態度は、俺のあの言動に対する反発かもしれない。

そう考えると、するりと聞きたかった言葉が出てきた。

「ウォルトは……その、俺を嫌っているのか？」

「え？　うーん、嫌いというか……なんて言うんだろう、あの時はなんか、イラッとしたんだよね～、自分でも大人げない態度だったな～とは思ってるけど……そもそも王子様には、あまり興味なかったし～」

「そ、そうか……なんでイラッとしたのか、聞いても良いか？」

興味がないと面と向かって言われると、地味に傷付くな。

「え～、別に良いけど……僕さ、お嬢さんのことも、初めは『エミリオ王子の弟の婚約者』くらいの認識しかなかったんだよね。かかわり始めたのは最近になってからなんだけど、あまりのお人よし加減にびっくりしたんだ～。今回の計画だって別にお嬢さんが行動する必要なんてないのにさ。本人は『アルヴィン様にしっかりしてもらわないと、国が乱れて自分も困るから』って言ってたけど……それだけなら、計画を立ててほっとけばいい。わざわざお嬢さんが、自分を貶《おとし》めた王子様の様子を見届ける必要ないのにね～」

心にグサッときた。

でも、本当のことだから反論できない。

「だからさ、そんなお人よしのお嬢さんに向かって、暴言を吐いた王子様にイラッとしたんだと思うんだよね。それに、将来王様になる弟のためにってエミリオ王子が勉強してるのに、君は遊んでばっかりで駄目駄目だったからさ～、元々、良い印象がなかったんだよよ」

「え？」

何それ、初耳なんだけど？

「王位を継がず、公《おおやけ》の場には極力出ないようにしてる王子が勉学に励んでるのって、そういう理由だよ……本人は言わないだろうけど」

「兄上……」

「ま、今はちゃんと君も勉強してるんでしょ？　分からないことがあったら王子に聞きに行ったら？　多分喜ぶと思うよ」

昔から兄上は勉強が好きなんだと思っていたが、それが俺のためだったなんて……涙が出そうになる。

「ああ、そうする」

しかし、俺の情報をウォルトが知っているのは解《げ》せない。

兄上は、ウォルトと俺の話はしていないと言っていた。おそらく、レイチェルが話したんだろうな。

そういえば、レイチェルがこの前、複雑な結界を解除できた理由は、ウォルトに聞けば分かるんじゃないのか？

ウォルトと親しくなったのも、魔力に関することがきっかけなのかもしれない。

「そういえば、この前の事件の時、レイチェルが——」

ウォルトに聞きかけて、やめた。

レイチェルは「気が向いたら教える」と言っていた。

それを他人の口から聞くべきではないと思ったんだ。

「——いや、いい」

「もしかして、お嬢さんの魔力のこと？」

「ああ……本人が教えてくれるのを待つことにする」

教えてくれるのなら聞きたい気持ちもあるが、グッと我慢した。

「そうだね～。お嬢さんが、王子様に話しても良いって思えるようになったら、話してくれるだろうしね～。信頼関係って大切だよ～」

それだ、信頼関係。

多分レイチェルは、今の俺には話してくれないだろう。

本来なら憎まれて当然のことを、俺はしたんだ。

これまで、レイチェルとの間に信頼関係を築こうとしたことはなかった。そんな俺に、聞く権利はない。

「今の王子様にならお嬢さんもいつか話してくれるんじゃないの？　王子様の頑張り次第だろうけどね」

ウォルトの言葉に頷く。

次期王として頑張ると宣言したとおりに、努力していくしかないのだ。

「ああ、そうだな……」

「じゃあ、そろそろ僕、データまとめたいから、王子様は、適当に帰って〜」

ウォルトが俺に出ていけと告げた。

その言葉にはもう棘《とげ》はないが、王族に対して態度が雑すぎるのではないだろうか……いや、兄上に実験器具でコーヒーを出す男だ、深く考えるのはやめておこう。


ウォルトの研究室を出て、図書館にいる兄上のもとに向かっている途中、パタパタと小走りでこちらに走ってくる者がいた。

「レイチェル……」

あちらも俺の姿に気が付いて足を止める。

「アルヴィン様……なぜ魔術協会《こちら》へ？」

そうだよな、俺がここにいるとは思わないよな。

「あ、ああ、ちょっと用事があってな。お前は……そっちから来たってことは、図書館からか？」

「ええ……本を返しに来ましたの」

「そうか、兄上も図書館にいただろう？」

「――っ、いらっしゃいましたわ」

レイチェルの顔が急激に赤くなった。

「どうした、顔が赤いが……」

「な、なんでもございません。ごきげんよう、アルヴィン様」

そう言うとレイチェルは逃げるように去っていった。

明らかに態度がおかしかった。なんだったんだ。

その後、図書館に行くと、兄上の様子もおかしかった。

――これは、二人の間に何かがあったと考えるのが妥当だ。

そういえばチェリーたちを救出した時も、あの二人は親密な雰囲気だったな。

兄上には幸せになっていただきたいし、レイチェルには借りがある。

これは、俺が一肌脱いで、二人の間を取り持つ必要がありそうだ。

俺はそう決心したのだった。

書き下ろし番外編

『恋人時代』の思い出に

「明日、デートしよう」

学園からの帰り道、アルヴィンはそわそわした様子でチェリーにそう切り出した。実はアルヴィンとチェリーは、二人きりでデートをしたことは数えるほどしかないのだ。

アルヴィンがレイチェルと婚約していた時期は、アルヴィンが誘ってもチェリーが二人きりで出掛けることに難色を示していたこともあり、大抵誰かが一緒だった。当事のアルヴィンはそれがもどかしく、「レイチェルと婚約しているからこんな目に」とさえ思っていたが、今となっては本当にどうかしていたとしか思えない。婚約者のいる男と二人きりで出掛けるほどチェリーは常識外れではない。レイチェルに対しても、チェリーに対しても失礼な考えだった。

レイチェルと婚約破棄した後も、色々とあって二人きりで出掛けることができないまま星降りの夜会を迎え、婚約の話も着々と進んでいる。チェリーとの婚約が公《おおやけ》になれば、今以上に忙しくなり、さらに二人きりで過ごす時間は少なくなるだろう。その前に、恋人時代の思い出というものを作っておきたいとアルヴィンは思ったのだ。

「デートですか？」

パッとチェリーの表情が嬉しそうに輝く。

その表情を見て、アルヴィンはホッと胸を撫で下ろす。以前のように難色を示されたらどうしようかと思っていた。アルヴィンはチェリーに好かれている自信がある、しかし彼女はレイチェルとも仲が良いのだ。休日に会っていることもあるようなので、もし予定が重なって、レイチェルを優先されたら本気で凹んでしまうところだった。

「せっかくだから、チェリーの行きたいところに行こう」

以前一緒に（その他数人含め）出掛けた時は、貴族御用達の店で宝石や服を見たのだが、チェリーは何やら緊張しているようだった。当時は遠慮しているだけだと思っていたが、おそらく全く馴染《なじ》みのない店に連れていかれた戸惑《とまど》いと、気後れをしていたのだろうと今なら理解できる。チェリーのためにと思いながら、実際はアルヴィンの気持ちを押し付けていただけだった。一方的な好意は、ただの自己満足でしかない。

なので、今回はチェリーが楽しめる場所に行きたいと思ったのだ。

「私の好きなところ……」

少し俯《うつむ》き考えるチェリー。指を口元に添え、思案する仕草が可愛いなどと思いながら、アルヴィンは返事を待つ。

「あ……」

思い付いたような表情でチェリーが、アルヴィンを上目遣いで見ながら「どこでも良いのでしょうか？」と聞いてきた。あざとい可愛さだが、意図的にやっていないところがチェリーの魅力である。

（か、可愛い）

「アルヴィン様？」

チェリーの可愛さに惚《ほう》けていたら、不思議そうに名前を呼ばれアルヴィンは我に返った。

「あ、ああ、すまない。どこでも良い。行きたい場所が思い付いたか？」

「はい。あの……」

そして、チェリーが提案した場所は――

翌日、アルヴィンは学園の女子寮の近くでチェリーと待ち合わせをしていた。約束の時間よりもだいぶあるが、そわそわと落ち着かず早く目が覚めてしまった。以前よりも二人きりで過ごす時間は多いが、〝デート〟と名が付くとこんなにも嬉しさと緊張でドキドキしてしまうものなのだろうか。

今日のアルヴィンの装《よそお》いは、先日孤児院を訪問した時のような動きやすい服装だ。チェリーの「一緒に下町を巡りたい」という希望を叶えるためだ。王子と分からないようにしなくては。前回も似た格好でバザーに参加してバレなかったから、これなら大丈夫だろう。

「すみません、遅れてしまって」

馬車の外で待っていると、チェリーが少し息を弾ませてやってきた。アルヴィンの姿を見つけて走ってきたようだ。待たせたことを謝罪されるが、まだ約束の時間には間がある。

「いや、その……楽しみで、早く来てしまったんだ。チェリーこそ待ち合わせ前だぞ」

「私も、楽しみで早く目が覚めてしまったんです」

時間より早く着いた理由が同じだったことに、二人は顔を見合わせて笑った。

先日下町に行った際、チェリーは制服姿だったが、今日は薄い桃色のワンピースだ。

(制服やドレス姿はもちろんだが、チェリーは何を着ても可愛いな)

もはやチェリーが何を着ていても、アルヴィンには可愛いとしか思えなくなっていた。

「この前も思ったのですが、その……アルヴィン様は何を着てもカッコイイです」

「あ、ありがとう。チェリーも可愛いぞ」

お互いに褒めあい、二人は嬉しさと恥ずかしさで顔を赤くした。ウォルトが近くにいたら「バカップルだね」とでも言いそうである。

「じゃあ、行くか。行きたい店があるのか？　下町巡りをしたいとしか聞いていなかったが」

「えっとですね、そういうお店があるわけではないのですが、以前通っていたマリアノ学院では、その……恋人とそんなふうに過ごすのが流行《はや》っていて。なので、アルヴィン様と一緒に町を歩きたいなって思ったんです」

以前のアルヴィンだったら、チェリーが下町に行きたいと言っても「もっと良い場所に行こう」と言い、その理由を聞くこともなかっただろう。自分の行きたいところはチェリーも行きたいに決まっている、と思い込んでいたのだから、チェリーの意見を聞いていたかも怪《あや》しい。

はにかみながら、下町に行きたいと言った理由を話すチェリーを愛《いと》おしいと思った。レイチェルと婚約破棄する前から、チェリーのことは好ましいと思っていたが、先日の事件を経て、その気持ちは大きくなっていた。

「よし、色々なところを回ってみよう」

アルヴィンはチェリーの手を取り、引き寄せた。

「はい！」

チェリーは顔を赤くしながら、嬉しそうに笑顔で返事をした。


朝早いが、下町の市場は活気に満ちていた。色々な屋台が並び、売り子が道歩く人々に声を掛けている。そこには見たことのない果物や商品が溢《あふ》れていた。もの珍しさにアルヴィンは興奮し、チェリーに質問しながら店を回った。そして、屋台で食べ物を買ってその場で食べるという体験を初めてした。

「バザーの日でなくても、こんなに賑わっているんだな」

朝は下町も静かだと勝手に想像していた。王宮の早朝は割と静かな雰囲気が流れているためそう思ったのだが、意外だった。

「もっと静かな場所を選んだほうが良かったでしょうか？」

チェリーが不安そうに尋ねる。

「いや、楽しいから大丈夫だ。あ、あの店はなんだ？」

はぐれないようにと繋いだ手をギュッと握り、アルヴィンは子どものように目を輝かせる。遠慮ではなく本当に楽しんでくれていることに、チェリーは胸を撫で下ろしたように表情を緩《ゆる》めた。

「あれは占いの館ですね。行ってみますか？」

他の屋台から少し離れた小さな天幕を潜《くぐ》ると、中には濃藍《こいあい》の布を被《かぶ》った女性が座っていた。

「あら？　今日は珍しいお客様がいらしたわね」

そう言って見つめる女性の目は、何かを見透かしたような感じがしてアルヴィンは落ち着かない気分になった。

（まさか、王子とバレて……？）

「久しぶりのお客様だから嬉しいわ。さあ、座って」

占い師はにっこりと微笑《ほほえ》むと、二人に椅子へ座るよう勧めた。

（何だ、久しぶりの客を珍しいと言っただけか）

アルヴィンはホッとしながら、椅子に腰掛ける。

「何を占いましょうか？　二人で来たということはやっぱり恋愛運かしら？」

「そうだな……それを頼む」

運勢を占うまでもなく、チェリーとの相性はバッチリだと思っているし、占いを全部信じる気持ちはない。でもせっかくだから占ってもらいたいと思う気持ちのほうが勝《まさ》ってしまった。

「じゃあ、二人でこの水晶を見つめてくれるかしら」

目の前の大きな丸い水晶を示され、アルヴィンとチェリーは言われたとおり水晶を見つめた。なんの変哲もない水晶だ。見つめている間も、特に何も変化はない。

「あら……」

こちらからは全く変化は分からないが、占い師からは何か見えたようだ。

「もう良いですよ」

そう言われ、屈《かが》めていた背を伸ばす。

「それで、どうだった？」

「そうね、総合的に見て、二人の相性は良いわね。でも……」

「でも？」

勿体《もったい》つけるような占い師の言い方に、アルヴィンは思わず身を乗り出してしまう。これでは、占いを気にしているように見えてしまうのではないかと、慌《あわ》てて姿勢を正した。

アルヴィンの行動に、チェリーが少し笑った気配がしたが、気が付かなかったことにしておこう。

「これから大きな試練が待ち受けるかもしれないわ」

「大きな試練？　何だそれは？」

「それは占いでは分かりかねるわ……でも、その試練を乗り越えるか、乗り越えられないかで二人の未来が変わるということね」

「未来が変わる……」

チェリーの心配そうな声が聞こえた。

「そうか、じゃあ乗り越えれば、二人は幸せになれるということで良いんだな」

「そうね。そういう解釈で良いと思うわ」

占い師の返事に満足したアルヴィンは占い料を支払い、店を出た。


「大きな試練とはなんでしょう……また、この前のようなことが起こるのでしょうか」

店を出た後も心配そうな様子のチェリーの手を引いて、近くのベンチに腰掛けた。先日、チェリーは人身売買の組織に攫《さら》われ、怖い思いをしている。その時のことを思い出したようで、顔色が悪い。

「大丈夫だ」

安心させるように抱き締めれば、震える華奢《きゃしゃ》な体からホッとしたように力が抜けるのが分かった。

「すみません。少し取り乱してしまいました。そうですよね、アルヴィン様が側にいてくれますものね……」

アルヴィンの胸元に頬を寄せ微笑《ほほえ》むチェリーに、愛《いと》おしさが込み上げてきた。

（ああ、大切にしたいな）

そう心から思える。

国民のために立派な王になるというにはアルヴィンはまだまだ未熟だが、せめて彼女には恥ずかしくない自分でいたいと思えた。

先程の占いの結果のこれからの試練とは、王子とその婚約者としての様々な勉学やかかわりのことを言っているのではないかとアルヴィンは解釈した。

「俺はチェリーと一緒なら大丈夫だ」

「はい。私もです」

間髪いれずに応えるチェリーにアルヴィンは微笑《ほほえ》み、「幸せな未来を作ろう」とそっと口付ける。

これから訪れる未来は誰にも分からない。しかし、この愛しい恋人と一緒に、どんな試練も乗り越えていこう、そう心に誓った。

新感覚ファンタジー
RB レジーナ文庫

最強キッズのわちゃわちゃファンタジー

公爵家に生まれて初日に跡継ぎ失格の烙印を押されましたが今日も元気に生きてます！ 1

小択出新都　イラスト：珠梨やすゆき

定価：704円（10%税込）

生まれつき魔力をほとんどもたないエトワ。そのせいで額に『失格』の焼き印を押されてしまった！　そんなある日、分家から五人の子供たちが集められる。彼らはエトワの護衛役を務め、一番優秀だった者が公爵家の跡継ぎになるという。いろいろ残念なエトワだけど、彼らと一緒に成長していき……

詳しくは公式サイトにてご確認ください

https://www.regina-books.com/

携帯サイトはこちらから！

新感覚ファンタジー
RB レジーナ文庫

悪役なんてまっぴらごめん！

レジーナブックス Regina

悪役令嬢はヒロインを虐めている場合ではない　1〜2

四宮あか　イラスト：11ちゃん

定価：704円（10％税込）

乙女ゲームの悪役令嬢に転生したレーナ。転生早々、彼女の前でヒロインを虐《いじ》めるイベントが発生してしまう。このままシナリオ通りに進んだら、待ち受けるのは破滅ルートのみ。……悪役令嬢やってる場合じゃない。人生、楽しもうと心に決めて、異世界ライフを味わい尽くすことにしたけれど――!?

詳しくは公式サイトにてご確認ください

https://www.regina-books.com/

携帯サイトはこちらから！

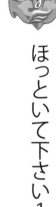

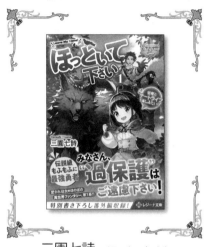

本書は、2018年12月当社より単行本として刊行されたものに書き下ろしを加えて文庫化したものです。


この作品に対する皆様のご意見・ご感想をお待ちしております。

おハガキ・お手紙は以下の宛先にお送りください。

【宛先】

〒150-6008 東京都渋谷区恵比寿4-20-3 恵比寿ｶﾞｰﾃﾞﾝﾌﾟﾚｲｽﾀﾜｰ 8F
（株）アルファポリス　書籍感想係

メールフォームでのご意見・ご感想は右のＱＲコードから、
あるいは以下のワードで検索をかけてください。

アルファポリス　書籍の感想　検索

ご感想はこちらから

レジーナ文庫

前世《ぜんせ》を思《おも》い出《だ》したのは“ざまぁ”された後《あと》でした

穂波《ほなみ》

2022年4月20日初版発行

文庫編集－斧木悠子・森順子
編集長－倉持真理
発行者－梶本雄介
発行所－株式会社アルファポリス
〒150-6008 東京都渋谷区恵比寿4-20-3 恵比寿ｶﾞｰﾃﾞﾝﾌﾟﾚｲｽﾀﾜｰ8階
TEL 03-6277-1601（営業）　03-6277-1602（編集）
URL https://www.alphapolis.co.jp/
発売元－株式会社星雲社（共同出版社・流通責任出版社）
〒112-0005 東京都文京区水道1-3-30
TEL 03-3868-3275
装丁・本文イラスト－深山キリ
装丁デザイン－AFTERGLOW
（レーベルフォーマットデザイン－ansyyqdesign）
印刷－中央精版印刷株式会社

価格はカバーに表示されてあります。

落丁乱丁の場合はアルファポリスまでご連絡ください。

送料は小社負担でお取り替えします。


ISBN978-4-434-30210-7 C0193